KB265411

독보군림

임영기 **新무협 판타지 소설**
FANTASTIC ORIENTAL HEROES

독보군림 6

임영기 新무협 판타지 소설

초판 1쇄 찍은 날 § 2007년 10월 31일
초판 1쇄 펴낸 날 § 2007년 11월 11일

지은이 § 임영기
펴낸이 § 서경석

편집장 § 문혜영
편집 § 장상수 · 최하나

펴낸곳 § 도서출판 청어람
등록번호 § 제1081-1-89호
등록일자 § 1999. 5. 31
어람번호 § 제2-1329호

주소 § 경기도 부천시 원미구 심곡1동 350-1 남성B/D 3F (우) 420-011
전화 § 032-656-4452 팩스 § 032-656-4453
http://www.chungeoram.com
E-mail § eoram99@chollian.net

© 임영기, 2007

ISBN 978-89-251-0994-7 04810
ISBN 978-89-251-0745-5 (세트)

임영기 新무협 판타지 소설

FANTASTIC ORIENTAL HEROES

바람그림

6

해후(邂逅)

도서출판 청어람

第五十三章

암계(暗計)

옥룡살귀(玉龍殺鬼).

근래 낙양 인근을 자자하게 떨어 울리고 있는 별호다.

천하에서 가장 아름다운 용모를 지녔다고 해서 옥룡(玉龍)이라는 별호를 얻었다.

또한 손속에 한 올의 인정이 없으며, 일단 초식을 펼쳤다 하면 반드시 상대를 죽인다고 해서 살귀(殺鬼)라는 섬뜩한 별호가 덧붙여졌다.

그래서 옥룡살귀다.

소문에 의하면, 옥룡살귀는 중천오충의 금호방 방주 금호도패왕 형곤을 암살한 살수 중 한 명이라고 한다.

또한 도주하는 과정에서 금호방 고수들과 낙성검가의 고수들을 무려 백수십 명이나 죽였다는 것이다.

무림의 관례상 본디 살수에게는 별호를 붙이지 않는다. 수단과 방법을 가리지 않고 사람을 암살하는 한낱 살수 따위를 무림인이라고 인정하지 않기 때문이다.

과거 살수이면서도 무림으로부터 별호를 얻은 자들은 겨우 세 명에 불과했다.

검풍루의 전설적인 살수로 꼽히는 혈인살수도 그중 한 명이며, 무림에서는 그들 세 명을 일컬어서 '혈살신조(血殺神組)'라고 부른다.

그런데 이제 다시 또 한 명, 옥룡살귀가 추가되어 혈살신조는 도합 네 명이 되었다.

옥룡살귀의 모든 살행은 낙양에서 일어났다.

그리고 옥룡살귀는 아직도 낙양 내에 있다고 한다.

＊　　　＊　　　＊

"영아……."

노을이 지고 있는 낙수 강가의 울창한 갈대숲 속, 커다란 바위 아래에 있는 작은 동굴 안쪽에서 매우 흐릿한 중얼거림이 흘러나왔다.

어두컴컴한 동굴 안. 벽에 등을 대고 힘없이 기대어 앉아 있는 정미가 동굴 입구를 망연히 바라보면서 바싹 마른 입술을 달싹거렸다.

"왜… 아직도 안 오는 거야……."

핏기라곤 한 올도 없으며, 보풀이 잔뜩 일어난 거칠고 메말라진 입술이었다.

설영이 단소예를 데려오겠다면서 나간 지가 벌써 한나절이나 지났는데 아직도 돌아오지 않고 있었다.

지금 정미는 일어서기는커녕 손조차 들어 올릴 힘이 남아 있지 않았다.

열흘을 굶은 상태라서 극도로 어지럽고 귀에서 이명까지 들리고 있는 상태였다.

그렇지만 그녀는 배가 고프다는 이유 때문에 설영을 기다리는 것이 아니었다.

한나절이 지나도록 돌아오지 않는 설영에게 혹시 무슨 일이 생겼을까 봐 걱정되기 때문이었다.

정미는 좁은 동굴 입구 바깥이 석양빛으로 붉게 물들어 있는 것을 초점 없는 눈으로 바라보았다.

그녀는 밖이 완전히 어두워지면 자신이 직접 설영을 찾으러 나갈 것인지, 아니면 계속 기다릴 것인지에 대해서 갈등하고 있는 중이다.

'영아를 찾으러 나갔다가 서로 엇갈리기라도 하면……'

만약 정미가 나가 있는 사이에 설영이 돌아오게 되면 일이 걷잡을 수 없이 꼬이고 말 것이다.

설영은 정미가 없는 것을 발견하고 놀라서 그녀를 찾으러 다시 나가든가, 아니면 무슨 일이 생긴 것으로 간주하고 또 다른 행동을 취할지도 모른다.

정미는 설영이 자신을 버리고 갈 것이라고는 추호도 생각하지 않았다.

그런 생각들을 한다면 조바심이 나더라도 이대로 설영을 기다리는 편이 옳았다.

열흘을 굶어 손을 들어 올릴 힘조차 남아 있지 않은 그녀지만, 사실 최후의 한 모금 기력을 단전에 꽁꽁 묶어두고 있는 상태였다.

이른바 '기력의 비축'인 것이다.

그것은 곰이 긴 겨울을 나기 위해서 동면을 하는 동안 일체의 움직임을 행하지 않고, 심지어 심장 박동이나 맥박까지도 느리게 뛰게 하여 쓸데없는 기력의 허비를 방지하는 것과 같은 이치였다.

살수는 음식물을 섭취하지 못한 상태가 오래 지속될 것이라는 판단이 서면, 온몸의 기능을 정지시켜 가수면 혹은 가동면 상태에 들어간다.

그렇게 해서 오랜 시간이 지나면 육체의 힘, 즉 근력은 차츰 쇠퇴해지지만, 공력은 단전에 일정 기간 동안 보존되어 있는 것이다.

물론 날이 지날수록 공력은 점차 줄어들 것이고, 보름이 지나면 절반 이하로, 이십 일이 지나면 삼 할 수준으로 현격하게 줄어든다. 어쩔 수가 없는 자연적인 현상이다.

그러나 그때부터는 공력이 얼마나 남아 있느냐의 문제가 아니라, 앞으로 목숨을 얼마나 더 지탱할 수 있느냐의 문제가 된다.

현재 정미는 원래 공력의 오 할 가량을 단전에 비축하고 있는 상태다.

'하지만… 만에 하나라도 영아에게 무슨 일이 생긴 것이라면 어떻게 하지……?'

만약 설영이 붙잡혔든가, 이미 죽었다면?

정미는 그런 불길한 걱정을 떨쳐 버릴 수가 없었다.

또한 설영이 죽었을지도 모른다는 생각이 들자 정미는 눈앞이 캄캄해지고 온몸에 힘이 빠졌다. 그리고는 걷잡을 수 없이 눈물이 흘러내렸다.

정미는 원래 누구보다도 몸과 정신력이 강한 여자였다. 그런데 어찌 된 일인지 지금은 '설영이 죽었으면 어떻게 하나'

라는 상상만으로 눈물을 펑펑 흘리고 절망에 빠지는 연약한 여자로 변해 버렸다.

그녀는 오직 설영에게만 연약한 여자가 된 것이다.

결국 정미는 이곳에서 설영을 기다리기로 했다.

갈등 끝에 내린 결정으로 긴장이 풀려서인지 그녀는 이내 깊은 잠에 빠져들었다.

*　　　*　　　*

'이런… 너무 오래 잤다.'

설영이 곤한 잠에서 깨어난 시각은 해시(亥時:밤10시) 무렵이었다.

열흘 만에 기름진 요리를 배부르게 먹은 후에 단소예와 격렬한 정사를 나누고는 갑자기 잠이 쏟아져서 쓰러져 잔 것이 한 시진 반이나 곯아떨어졌던 것이다.

문득 설영은 자신의 왼쪽에서 새근새근 고른 숨소리가 들려오는 것을 느꼈다.

가만히 돌아보니 벌거벗은 몸의 단소예가 그의 팔을 베고 곤히 잠들어 있었다.

희고 가는 팔을 그의 가슴에 얹고, 그를 향해 옆으로 누워 자고 있는 모습이 너무도 사랑스러웠다.

정사 직후에 그대로 잠들었기 때문에 이불도 제대로 덮지 않은 상태였다.

그래서 옆으로 누운 단소예의 희고 늘씬한 몸이 고스란히 드러나 있었다.

그녀는 보통 여자들보다 약간 큰 키에 조금 말라 보이는 체구를 지니고 있었다.

또한 잡티 한 점 없는 희고 매끄러운, 그래서 눈부신 상체를 갖고 있었다.

문득 단소예의 가슴에 시선이 멈춘 설영은 뜻밖이라는 표정을 떠올렸다.

옷을 입고 있을 때는, 그리고 격렬한 정사를 나눌 때에도 그녀가 저렇게 풍만하고 예쁜 젖가슴을 갖고 있을 줄은 예상하지 못했던 것이다.

무엇인가에 이끌리듯이 설영의 시선이 단소예의 가슴에서 다시 아래로 흘러내렸다.

말 그대로 버들가지처럼 잘록한 세류요(細柳腰)는 과연 저 안에 인간의 장기들이 들어 있을까 의심이 들 정도였다.

새끼손톱보다 더 작고 앙증맞은 배꼽을 보자 문득 설영은 손가락으로 콕 찔러보고 싶은 충동이 일었다.

허리를 지나 갑자기 솟아오른 능선이 나타났다.

빛이 나는 것처럼 눈부시고 탄력있는 골반과 허벅지였다.

그리고 포개어진 허벅지 깊은 곳에 희고 뽀얀 살색과는 대조를 이루는 조그맣고 검은 숲이 보였다.

설영의 시선은 그 숲에 한동안 머물렀다가 이윽고 약간 구부린 채 웅크린 듯한 자세의 늘씬한 다리를 끝으로 다시 단소예의 얼굴로 돌아왔다.

순간 그는 가볍게 놀랐다. 단소예가 눈을 뜨고 자신을 말끄러미 바라보고 있는 것을 발견했기 때문이다.

흑백이 또렷하며 크고 해맑은 눈에는 넘치는 사랑과 깊은 신뢰가 가득 담겨 있었다.

두 사람은 자신들이 이 주루에 들어오기 전과 지금이 확연하게 달라졌다는 사실을 잘 알고 있었다.

주루에 들어오기 전까지 두 사람은 친구였지만, 지금은 연인이 되었다.

친구였을 때에도 서로 많은 감정들을 공유했지만, 연인이 된 지금부터는 사랑이라는 비옥한 옥토에서 더욱 풍성한 여러 감정의 열매들을 키우게 될 터이다.

두 사람은 서로에게 내 여자, 내 남자가 된 것이다.

눈이 마주치자 단소예는 눈을 감으면서 수줍음에 얼굴을 노을처럼 소르르 붉혔다.

설영은 그런 그녀의 모습이 너무도 사랑스러워 팔을 뻗어 그녀의 가녀린 몸을 가만히 끌어안았다.

단소예는 기다렸다는 듯이 설영의 품으로 파고들며 몸을 밀착시켜 왔다.

순간 단소예의 몸이 눈에 띄게 움찔 떨렸다.

설영의 단단해진 음경이 그녀의 하체 은밀한 곳을 지그시 찌르는 것을 느꼈기 때문이다.

그녀는 더욱 부끄러워하면서 설영의 가슴으로 파고들면서 얼굴을 묻었다.

설영은 그녀와 다시 한 번 뜨거운 사랑을 나누고 싶은 욕정이 솟구쳤지만 애타게 기다리고 있을 정미를 떠올리며 애써 참아야 했다.

"가자. 정미가 기다리겠다."

그는 단소예의 입술에 가볍게 입을 맞추고는 벌떡 일어나 침상에서 내려왔다.

단소예는 바닥에 우뚝 서 있는 설영의 벌거벗은 몸을 부끄러워하면서도 눈이 부신 듯 바라보았다.

후리후리하게 큰 키에 약간 마른 듯하면서도 어깨와 가슴, 옆구리 근육이 잘 발달됐으며 복부에는 뚜렷한 왕(王) 자가 새겨져 있었다.

또한 단단한 엉덩이와 보통 사람들보다 긴 다리의 허벅지와 종아리도 근육질이었다.

문득 단소예의 눈길이 설영의 음경으로 향했다가 얼굴이

발갛게 물들었다.

　그의 음경이야말로 온몸 중에서 가장 잘 발달된 근육질이었던 것이다.

＊　　　＊　　　＊

　낙성검가는 깊은 밤인데도 불구하고 곳곳에 불이 켜져 대낮처럼 밝았다.

　또한 수십 명씩의 낙성검수 무리들이 일사불란하게 낙성검가의 전문을 나가거나 들어오고 있는데, 나가는 수가 훨씬 더 많았다.

　옥룡살귀를 잡기 위해서였다.

　옥룡살귀는 처음에 금호방주를 암살했다는 죄목 하나만으로 중천무림 전체의 추격을 받았었다.

　그러나 도주를 하는 과정에서 금호방의 고수 수십 명과 낙성검가의 고수 백여 명을 죽임으로써 지금은 그 죄가 몇 배나 더 커져 버린 상태였다.

　처음에는 금호방만이 옥룡살귀를 잡으려고 전 고수들을 동원하여 전력을 다했었다.

　같은 중천오충의 다른 네 방파에서는 금호방에 수십 명의 고수들을 파견하거나 보태주는 정도의 형식적인 도움을 주었을 뿐이었다.

그리고 중천사세나 중천칠지파에서는 행여 잘못 나섰다가 금호방주 암살에 자신들이 개입했을지도 모른다는 세간의 오해를 사게 될지도 모르는 판국이라 잔뜩 몸을 사리면서 암암리에 옥룡살귀를 추적하는 정도에 그쳤었다.

하지만 지금은 상황이 완전히 달라졌다. 중천무림 전체가 옥룡살귀를 찾아내기 위해서 혈안이 된 것이다.

낙성검가를 비롯한 중천사세와 중천칠지파, 그리고 금호방을 중심으로 한 중천오충이 모두 나서 자파의 전 고수를 동원하고 있는 상황이었다.

그들 모두 표면적으로는 옥룡살귀를 잡으려는 공통된 목적을 갖고 있는 것처럼 보이지만, 속으로는 제각기 다른 속셈을 지니고 있었다. 이른바 동상이몽인 것이다.

그리고 그들 제각각의 속셈이라는 것이 또한 매우 복잡하고도 미묘했다.

최초에 두 명의 살수가 유령처럼 추호의 흔적도 남기지 않은 채 금호방주를 암살하고 도주했다.

그러나 살수들은 금호방주의 집무실인 금호각에 뿌려놓은 천리추라는 추적향을 몸에 묻힌 채 도주하다가 낙양에서 발견되어 또다시 금호방주의 장남 형오를 위시한 고수 십여 명을 죽이고는 도주, 잠적했다.

그리고 나서 한동안 두 살수의 모습은커녕 흔적조차 찾을
길이 없었다.

그러던 중에 낙양성 내에서 때 아닌 작은 소동이 벌어졌다.

낙성검가의 검사들이 낙성검가주 단해룡의 일점혈육이며
누이동생인 단소예를 포위공격하고 있는 믿어지지 않는 일이
대로상에서 벌어진 것이다.

낙성검사들이 자신들의 상전인 소가주를 공격하다니, 그
것은 어느 누가 봐도 명백한 하극상이며 고개를 갸웃거릴 만
큼 이상한 일이었다.

낙성검사들의 수는 점점 불어났지만, 그들은 감히 상전인
단소예를 심하게 공격하지는 못했다.

반면에 단소예는 필사적이었다. 누가 보더라도 그녀가 죽
기를 각오한 표정과 동작으로 싸우고 있다는 것을 단번에 알
수 있을 정도였다.

하지만 그녀는 점점 열세에 처했고, 머지않아서 제압당할
것처럼 보였다.

바로 그때 한 명의 소년고수가 갑자기 나타났다.

그는 낙성검사들이 겹겹이 형성한 포위망을 뚫고 들어가
단소예와 함께 낙성검사들을 상대로 싸웠다.

낙성검사들이 단소예를 협공하고 있다는 보고를 받는 즉
시 떼를 지어 달려온 중천무림의 수많은 방, 문파들이 발견한

것은 소년고수와 단소예가 일심동체가 되어 자신들을 에워싼 낙성구궁검진을 파훼하려고 필사적으로 싸우고 있는 광경이었다.

그 싸움을 구경하는 자리에는 당연히 금호방주의 차남인 형신과 금호방 고수들도 달려와 있었다.

그리고 그들 중에서 소년고수의 얼굴을 알아본 사람이 몇 명 있었다.

그들은 단소예와 함께 있는 소년고수가 금호방주를 암살한 살수라고 지목했고, 그 소문은 그곳에 있던 중천무림의 방, 문파 고수들에게 삽시간에 퍼져 나갔다.

소년고수, 아니, 살수와 단소예는 열세에 처한 채 낙성구궁검진에서 빠져나오지 못하고 있었다.

바로 그때 정체를 알 수 없는 일단의 무리들이 나타나 놀라운 무공 실력으로 낙성검수들을 맹공격했다.

안팎에서 무차별 공격을 당한 불패의 낙성구궁검진은 여지없이 깨졌고, 살수는 단소예를 업은 채 한줄기 바람처럼 유유히 사라져 버렸다.

그 일이 있고 나서 열하루가 지났다.

현재 옥룡살귀라는 한 명의 살수는 금호방주와 금호방 고수, 그리고 낙성검사 백수십 명을 죽였다는 것 이외에 훨씬 더 큰 의미를 갖게 되었다.

낙성검사들이 왜 백주대로에서 단소예를 공격했는가?

옥룡살귀가 무엇 때문에 위험을 무릅쓰면서까지 단소예를 구출했는가?

그리고 그 과정에서 두 사람이 보여주었던, 마치 오누이나 연인을 방불케 하는 듯한 심상치 않은 여러 행위들은 또 무엇을 의미하는 것인가?

그리고 그 두 사람을 낙성구궁검진에서 구출하고 홀연히 사라진 괴인물들은 누군가?

옥룡살귀가 금호방주를 암살했다는 사실은 차치해 두고서라도, 그런 여러 가지들이 중천무림에 적을 두고 있는 거의 모든 방, 문파가 풀려고 안간힘을 쓰는 의문점들이었다.

그러기 위해서는 먼저 옥룡살귀를 찾아내서 잡아야만 했다.

피해 당사자인 금호방을 비롯한 중천오충에게 있어서 옥룡살귀를 잡는 일은, 금호방주의 암살에 낙성검가가 깊숙이 개입되어 있다는 사실을 밝혀낼 수 있는 절호의 기회인 동시에 마지막 희망이었다.

또한 그들은 조금 더 상상력을 발휘했다.

어쩌면 이 괴이한 일련의 사건은 육 년 전, 검신 중천절의 의문사를 밝혀낼 수 있는 단서가 되어줄지도 모른다는 조심스러우면서도 위험한 추측을 한 것이다.

그렇지만 그 발상은 꽤나 설득력이 있는 것처럼 보여서 금호방뿐만 아니라 중천사층 실력자들의 고개를 끄덕이게 만들었다.

원래 물에 빠진 사람에게는 썩은 새끼줄도 질긴 밧줄로 보이는 법이다.

한 달 남짓 남은 중삼절에 모든 지위와 권리가 박탈당하게 되는 중천오층은 물에 빠져서 허우적거리는 것과 진배가 없는 상황이었다.

같은 중천사세이면서도 낙성검가에 차기 중천절의 자리를 뺏기거나 혹은 양보한 세 방, 문파. 즉, 진천방과 사해부, 혼천도문이 옥룡살귀를 잡으려고 전력을 쏟는 이유는 제각기 달랐다.

그러나 두 가지 목적은 동일했다.

첫째, 낙성검가의 약점을 잡겠다는 것. 그것이 정말 확고한 약점이라면 지금 당장 써먹을 수도 있고, 나중에 적절한 시기에 써먹을 수도 있을 것이다.

둘째, 만약 그것을 약점으로 써먹지 못한다 하더라도 낙성검가가 절대세가로 등극했을 경우에 최소한 자파를 좌청룡우백호의 위치에 선점시킬 수 있는 영향력 있는 교인(狡人:어음)으로 활용할 수도 있을 것이다.

마지막으로, 중천칠지파가 옥룡살귀를 잡으려는 목적은

좀 더 단순하고 또 선명했다.

낙성검가가 절대세가로 등극하고 나면, 중천오세에 두 개의 자리가 비게 된다.

즉, 낙성검가와 설란궁의 자리다.

만약 중천칠지파 중에서 옥룡살귀를 잡아 낙성검가에 바치는 방, 문파가 있다면, 남은 중천이세에 오를 수 있는 유리한 고지를 선점하게 되는 것이다.

그리고 중천사세도, 중천칠지파도 아닌 중천무림 내의 수십 개의 이, 삼류 방, 문파들은 이 기회에 자파가 중천십이지파에 오를 수 있기를 기원하면서 결사적으로 옥룡살귀를 찾아 헤매었다.

第五十四章
귀계(鬼計)

탕!

"그놈이었어!"

오랜 생각 끝에 낙성절정검 단해룡이 앉아 있던 태사의의 팔걸이를 세게 내려치며 탄성을 터뜨렸다.

꽉!

단해룡은 팔걸이를 거세게 움켜잡으면서 보기 싫게 와락 인상을 찌푸렸다.

그것은 평소 수양이 깊은 그에게서 찾아보기 어려운 격앙된 행동이었다.

"설영! 그놈이 분명하다!"

장도명이 금호방주를 암살한 살수라면서 끌고 온 살수를 본 순간 단해룡은 약간 낯이 익다고 고개를 갸웃거렸다가 그냥 대수롭지 않게 지나쳤었다.

그런데 지금 와서 다시 그 천하절색의 미모를 지닌 아름다운 소년살수가 왜 낯이 익은 것인지 곰곰이 기억을 더듬다가 마침내 생각이 난 것이다.

살수는 바로 중천절 설무검의 하나뿐인 친동생인 설영이었던 것이다.

예전에 단해룡은 설영을 자주 볼 기회가 없었다. 설무검도, 그 오른팔이었던 단해룡도 늘 시간에 쫓기는 몸이라서 자신들의 동생조차 제대로 볼 틈이 없었는데, 하물며 남의 동생을 봐봤어야 얼마나 봤었겠는가.

그저 부모도 없이 외롭다는 공통점을 지닌 설영과 단소예가 친오누이처럼 정답게 잘 지낸다는 말을 이따금씩 수하나 유모에게 전해 듣는 것이 전부였고, 그럴 때마다 속으로 다행스럽다는 마음만 들었을 따름이다.

단해룡은 이제야 자신의 어린 누이동생 단소예의 파행의 전모를 모두 이해할 수 있었다.

단소예와 설영은 수하나 유모가 말하던 친오누이 이상의 관계였던 것이다.

육 년 전, 열두 살의 어린 나이에 두 아이는 이미 자신들이 한 몸이라 여기고 있었던 것이다.

그렇다고 어린 그들이 어른 흉내를 내어 육체관계를 가졌다는 것이 아니라, 정신적으로 단단하게 결속되어 있었다는 뜻이다.

억수같이 장대비가 퍼붓던 날, 중천군림성이 불타서 그 흔적조차 거의 남지 않은 광경을 보고 단소예는 자신이 죽음을 당한 것보다 더한 절망에 빠졌었다.

그 당시에 단해룡은 단소예가 충격에서 헤어나지 못한 채 식음을 전폐하고 오랫동안 자리에 누워 있었던 것을 지금도 똑똑히 기억하고 있다.

그때 머리맡에 앉아 있는 단해룡을 파리하고 초췌한 얼굴로 바라보면서 단소예가 말했었다.

"오라… 버님, 나… 너무 늦게 죽으면… 영아를 못 만나는 것 아닐까요……?"

그때 단해룡은 그것을 그저 어린아이들이 치러야 하는 잠깐 동안의 홍역 정도로만 치부해서 그저 실소를 머금으며 넘겨 버렸었다.

그런데 그게 아니었다. 그 당시에 이미 단소예와 설영은 영

혼으로 단단하게 결속된 하나였던 것이다.

뇌옥에 갇혀 있는 설영을 구해낸 것은 단소예였고, 단소예가 대로상에서 낙성검사들에게 공격당할 때 그녀를 구해준 것은 설영이었다.

필경 지금도 그 둘은 함께 있을 것이고, 그 둘 중 하나를 죽이기 전에는 떼어놓지 못할 터이다.

"바보 같은 년!"

단해룡의 입에서 짓이겨진 욕설이 튀어나왔다.

그에게서 이 장쯤 떨어진 전면 왼편, 딱딱한 나무 의자에 단해룡의 책사가 된 장도명이 단해룡에게 옆모습을 보인 채 꼿꼿한 자세로 앉아 있었다.

그는 단해룡의 말을 전혀 듣지 않는 듯, 설혹 들었다고 해도 자신과는 무관한 내용인 듯 마치 다른 생각에 깊이 잠겨 있는 것 같은 표정이었다.

장도명의 맞은편, 그러니까 단해룡의 전면 오른편에는 낙성검가의 총관인 풍우검 함붕이 앉아 있었다.

함붕은 뭔가 생각하는 듯한 복잡한 표정으로 단해룡을 쳐다보고 있었다.

그러나 그의 표정은 곧 경악으로 변했다. 단해룡의 말에서 어떤 사실을 깨닫고는 부지중에 중얼거림이 흘러나왔다.

"설마……."

스스로의 외침에는 무반응하던 단해룡이 함붕의 작은 중얼거림에 날카롭게 그를 쳐다보았다.

함붕은 막 말을 이으려다가 꿀꺽 삼켰다. 단해룡의 쏘는 듯한 눈빛은 함구를 명령하고 있었다.

함붕은 낙성검가의 전대 가주 시절부터 충신이었다. 그 당시에는 육당주(六堂主) 중에 한 명이었고, 단해룡이 가주가 된 이후 총관으로 발탁되어 십삼 년째 그의 충신, 아니, 잘 길들여진 충견(忠犬) 노릇을 해오고 있었다.

그는 단해룡의 똥이라도 핥을 인간[嘗糞之徒]이었다.

순간 함붕의 시선이 극히 찰나지간 장도명을 힐끗 쳐다보고는 다시 단해룡을 쳐다보았다.

단해룡이 외인(外人)인 장도명 때문에 말을 삼간다고 판단한 것이다.

슥—

장도명이 조용히 일어나 방문으로 걸어갔다. 산책이라도 갈 듯한 자연스러운 행동이었다.

"장 책사, 어딜 가는 것이오?"

단해룡의 물음에 장도명은 돌아서서 그를 향해 공손히 허리를 굽혔다.

"중요한 일을 잠시 잊고 있었습니다."

단해룡의 입가에 설핏 미소가 스쳤다.

지금 같은 시점에서의 이런 비교는 좀 무엇하지만, 그에게 있어서 단소예와 설영의 일이 불행이라면, 장도명이라는 탁월한 책사를 얻은 것은 여러 번을 곱씹어 생각해 봐도 큰 행운인 듯했다.

"그냥 있어도 되오. 앉으시오."

단해룡은 그가 자리를 피해주려고 한다는 것을 알아차린 것이다. 그래서 그의 그런 세심한 배려까지도 마음에 들었다.

단해룡은 자신이 알고 있는 것보다 장도명이 훨씬 더 역량 있는 인물일 것이라고 짐작했다.

그렇지만 신이 아닌 이상, 문제를 내놓지 않으면 답을 말할 수 없는 법이다.

그래서 장도명에게서 더 많은 것을 이끌어내려면 그에게 더 많은 정보를 말해줘야 한다고 생각했다.

정말이지 단해룡에게는 장도명 같은 뛰어난 책사가 절실히 필요했었다.

장도명은 머뭇거림 없이 즉시 자리로 되돌아와서 앉았다. 그것은 그가 자신의 말처럼 중요한 일을 하러 가려던 것이 아니었음을 보여주는 행동이었다.

함붕은 힐끗 장도명을 한 번 쳐다본 후에 더 이상 그를 쳐다보지 않았다.

함붕의 장점 중에 하나는 단해룡이 총애하는 사람을 절대로 질투하지 않는다는 것이다.

그것은 두뇌가 없이 무조건적인 충성만을 지니고 있는 그가 삼십여 년 동안 낙성검가에 몸담아 오면서 나름대로 터득한 처세술이라고 해야 옳았다.

단해룡은 다시 장고(長考)에 들어갔다. 아니, 사실은 깊이 생각하는 체하는 것이었다.

그는 이미 장도명에게 설영의 신분에 대해서 말해줘야겠다고 마음을 굳힌 상태였다.

그러면서도 장고하는 체하는 것은 자신이 심사숙고하는 사람이라는 것을 보여주려는 의도였다.

단해룡은 일문의 지존이 갖추어야 할 만큼의 이성을 지니고 있는 사람이지만, 사실 그보다는 감정이 더 앞서 나가는 성격의 소유자였다.

낙성검가의 가주가 되기 전에 전대 가주, 즉 그의 부친은 그 점을 누누이 단해룡에게 지적했었다.

그런데 아무리 노력을 해도 감정을 억누르고 이성적으로 일을 처리하는 것이 말처럼 쉽지가 않았다.

그것은 가주가 된 이후에도 여전히 변함이 없었고, 그것 때문에 몇 차례 중천절인 설무검에게 지적을 당하여 위기를 초래했던 적도 있었다.

그래서 단해룡은 결국 편법을 만들어냈다. 감정이 앞서는 대로 일단 결정은 내리되, 그것을 즉각 말하지 않고 뜸을 들이는 것이다.

즉, 깊이 장고를 하면서 심사숙고하는 것처럼 보이게 해서 그 결정이 감정이 아닌 이성으로 내린 것이라고 비춰지게 하는 것이었다.

그런다고 해서 이미 감정이 시키는 대로 내려 버린 결정이 변하는 것은 아니다.

그렇지만 최소한 그가 감정적으로 일을 처리하지 않았다는 사실을 선전할 수는 있었다.

"장 책사."

"말씀하십시오."

이윽고 단해룡이 생각이 끝난 듯한 동작을 취하면서 입을 열자 장도명은 즉시 자리에서 일어나 그를 향해 서서 공손히 허리를 굽혔다.

"금호방주 형곤을 죽였던 살수 말이오."

장도명은 단정하고도 경건한 자세를 취한 채 조용히 다음 말을 기다렸다.

누구든 그의 자세를 보면 자신이 그에게 깊은 존경을 받고 있다는 생각을 떨쳐 버리지 못할 것이다.

또한 장도명은 말끝마다 토를 달아 상대의 말을 끊는 나쁜 버릇 따위를 갖고 있지 않았다.

원래 그는 천성적으로 입이 빨라서 젊은 시절에는 누구의 어떤 대화든 가리지 않고 끼어들었었다.

결론적으로 말해서 그는 그 버릇 때문에 셀 수도 없을 만큼 많은 고초를 겪어야만 했었다.

설령 그의 말이 옳았다고 해도 칭찬보다는 많은 사람으로부터 견제, 질투, 배척을 당했고, 상전에게는 버릇없는 놈이라고 혼찌검을 당해야만 했으며, 그 결과 그의 옳은 간언(諫言)은 다른 사람의 몫으로 돌아갔던 아픈 기억이 수두룩했다.

그러다가 간혹 그의 말이 틀렸을 경우에는 옳았을 때보다 몇 배나 가혹한 처벌이 뒤따랐었다.

그래서 그는 깨달았다. 한 마리 개가 짖으면 수많은 개들이 무언지도 모르고 마구잡이로 따라서 짖는 따위[一犬吠形百犬吠聲]의 장소에서는 그저 입을 꾹 다물고 있는 것이 상책이라는 사실을 말이다.

처세술이라면 함붕 같은 위인은 찜 쪄 먹을 정도로 대가인 장도명이 아닌가.

"그 살수는 전대 중천절의 친동생이고, 이름은 설영이라고 하오."

"……."

낙성검가에 들어서면서부터 단해룡이 무슨 행동, 어떤 말을 해도 결코 놀라는 모습을 보여서는 안 된다고 스스로에게 다짐에 다짐을 했던 장도명이다.

그러면 사람이 가볍게 보이기 때문이다. 무릇 책사는 한마디 한마디를 산처럼 무겁게, 행동은 도도하게 흐르는 장강처럼 유장하게 행해야 한다고 믿는 그였다.

게다가 그는 원래 깊은 물 같은 사람이다. 아무리 큰 바위를 던져도 작은 물보라를 일으킬 뿐, 그 속에서 어떤 일이 벌어지는지 전혀 내비치지 않는 성격인 것이다.

그런 그가 지금 눈을 크게 뜨고, 입까지 반쯤 벌린 채 경악하고 있었다.

'그 어린놈이 검신 중천절의 친동생이었다고?

그의 심중에서 거센 소용돌이가 일었다.

그저 예쁘장하게 생긴 데다가 무공이 뛰어난 검풍루의 살수 정도로만 여겼던 설영이 이제 보니까 상상을 초월할 정도의 엄청난 신분이었다니, 헛구역질이 날 정도로 기절초풍할 일이 아닌가.

하지만 장도명은 경악보다는 온몸이 뒤틀리는 듯한 격렬한 질투를 느꼈다.

뛰어난 두뇌와 동물적이고도 감각적인 본능, 깊은 물 같은 고요함과 쇠심줄 같은 인내심을 지닌 그였지만, 그가 소인이라고 비웃는 함붕조차도 초월한 질투심이라는 것을 버리지 못하고 있었다.

그러나 사실 질투심은 그를 존재하게 만들고, 더욱 강하게 채찍질하는 모든 힘의 원천이었다.

만약 질투심이 없었다면 그는 지금 이 자리에 서 있지도 못했을 것이다.

똥구멍이 찢어지게 가난하여, 그 가난이 싫어서 아비의 돈을 훔쳐 달아났던 장도명과 중천무림의 천주 설무검의 친동생인 설영이라는 존재에 대한 비교는 그의 질투심을 하늘 끝까지 솟구치게 만들었다.

그래서 그는 근래에는 좀처럼 경험하지 못했던 엄청난 반발심, 즉 힘을 느꼈다.

그러나 단해룡의 말에 장도명이 외적으로 보인 반응은 찰나지간 눈과 입이 약간 커졌다가 즉시 원래의 표정을 되찾은 정도에 불과했다.

거센 질투의 소용돌이, 힘의 발발은 깊은 물속에서 이루어지고 있었다. 그러나 수면 위는 거울처럼 잔잔했다.

"어쩌면 좋겠소?"

불쑥 벽력같은 충격의 말 한마디를 던지더니, 그다음에 곧바로 해답을 원하고 있는 단해룡이다.

사실 지금 단해룡은 장도명을 시험하고 있는 중이다. 장도명의 대답 여하에 따라서 이후 단해룡은 그를 전폭적으로 신임하든지, 아니면 찬밥 신세로 만들 생각이다.

그러자 장도명은 그때부터 깊은 생각에 잠겼다. 잠시 기다려 달라거나 생각할 시간을 달라는 등의 양해의 말도 없이 곧바로 생각에 들어갔다.

그런 시시콜콜한 번문욕례(繁文縟禮)를 싫어하고 실리적인 것을 좋아하기는 단해룡도 마찬가지였다.

마누라가 사랑스러우면 처갓집 말뚝을 보고도 절을 한다는 옛말이 있다.

단해룡은 자신의 천하대계를 위해 새로 얻은 마누라 장도명이 어떤 행동을 해도 다 이유가 있을 것이라고 여겼다.

"가주."

이윽고 일다경의 시각이 흐른 후 생각을 끝낸 장도명이 조심스럽게 입을 열었다.

단해룡은 생각하는 체하지만, 장도명은 정말 생각을 하는 인물이다.

"말하시오."

"본가에서 세 번째로 고강한 분이 누구십니까?"

뜬금없는 물음이다. 단해룡은 장도명이 왜 그런 것을 묻는 것인가, 하고 잠시 생각하다가 포기했다. 생각은 책사가 하는 것이다.

"본가에는 낙성칠검기(落星七劍奇)가 있소. 아마도 그중에서 이검기(二劍奇)가 장 책사가 묻는 정도의 고수일 것이

오.”

낙성검가에는 전전대(前前代) 때부터 가문을 지켜온 일곱 명의 충신들이 있다. 그들이 바로 일곱 명의 가로(家老)인 낙성칠기였다.

장도명이 단아한 목소리로 다시 물었다.

“낙성이검기를 흔적 없이 제압하려면 어느 정도의 전력이 필요합니까?”

단해룡은 장도명의 돌발적인 물음에 대해서 더 이상 생각하지 않기로 했다.

“흔적 없이 제압이라…….”

죽이는 것보다 두 배 이상 어려운 것이 제압이다.

“나나 대검로(大劍老) 정도면 가능할 것이오.”

대검로는 낙성칠검기의 맏형인 대검기를 말함이다. 단해룡을 비롯한 낙성검가의 모든 사람들이 대검기를 존경하는 의미에서 대검로라고 부르고 있다.

장도명이 고개를 조아렸다.

“두 분을 제외하면 누가 있습니까?”

단해룡은 장도명의 미어(謎語:수수께끼) 같은 계속된 질문의 끝이 무엇일지 조금 궁금해지기 시작했다.

“한 명만으로 이검기를 흔적 없이 제압할 만한 인물은 본가에 없소. 다만 낙성칠검기의 삼, 사, 오검기 세 분을 합친 정도면 될 것이오.”

그 말은 단해룡과 대검로의 무공 수준이 비슷하며, 그들 각 한 명이 낙성칠검기의 삼, 사, 오검기 세 명을 합친 정도라는 의미이기도 했다.

장도명은 묻기를 끝내고 이번에는 요구를 하였다.

“대검로님을 속하에게 빌려주십시오.”

그 말에는 여태 침착함을 잃지 않고 있던 단해룡마저도 기어코 놀라고도 어이없는 표정을 얼굴에 설핏 떠올렸다.

“무엇을 하려는 것이오?”

그래서 묻지 않으려고 생각했던 질문이 자신도 모르게 튀어나오고 말았다.

그러나 장도명의 입에서는 전혀 예상하지 못했던 말이 흘러나왔다.

“왜 금호방주를 죽였는지를 밝혀내겠습니다.”

단해룡은 방금 전보다 더 놀라는 표정을 얼굴에 떠올렸고, 그 표정은 조금 더 오래 지속되었다.

장도명의 말은 과연 굉장한 충격이었다.

그의 말인즉, 금호방주를 누가 죽였는지는 이미 알고 있다는 뜻이다.

그는 외려 한 걸음 더 나아가서 왜 죽였는지를 밝혀내겠다는 것이니 단해룡을 놀라게 하기에 충분했다.

"그렇다면 장 책사는 누가 금호방주를 죽였는지 알고 있다는 말이오? 내 말은, 살수가 아니라 살수 조직에 청부한 자를 말하는 것이오."

"알고 있습니다."

장도명은 최대한 겸손하고 공손하게 대답했다.

단해룡은 얼굴 가득 놀랍고도 어이없는 표정을 떠올렸다. 그가 지금처럼 어떤 표정을 분명하게 짓는 것은 몹시 드문 일이었다.

"그럼 왜 내게 말하지 않았소?"

"묻지 않으시기에."

장도명의 대답은 간단했다. 그러나 의표를 찌르기에는 넘치지도 모자라지도 않았다.

"묻지 않아서 말하지 않았다……."

단해룡은 그 말을 어떻게 이해해야 할지 몰라서 나직이 중얼거렸다.

함붕은 지금 단해룡이 발휘하고 있는 인내심 때문에 놀라고 있는 중이었다.

그는 단해룡이 이성보다는 감정이 앞서는 인물이라는 것을 누구보다도 잘 알고 있다.

그래서 이미 결론을 내려놓고서도 생각하는 체한다는 것까지 오래전부터 알고 있었다.

그런 단해룡의 평소 성격 같았으면, 벌써 불호령이 떨어지거나 장도명의 목이 바닥에 떨어졌어야 했다.

그래서 함붕은 단해룡이 장도명을 정말로 신임하고, 또 좋아한다는 사실을 깨달았다.

이런 상황에서도 함붕은 조금도 질투를 느끼지 않았다. 그저 앞으로 자신이 모셔야 할 상전이 한 명 더 늘었다고만 여길 뿐이었다.

사람이 생존하는 데 있어서 많은 것들을 빨리 결정해야 하지만, 그중에서도 '체념'이란 것은 빠르면 빠를수록 자신에게 이로운 법이다.

단해룡은 고개를 끄덕였다.

"그렇군. 묻지 않았으니 대답하지 않은 것이 당연해."

입으로는 그렇게 말하면서 속으로는 다른 것을 생각하고 있었다.

'저자는 자신이 아직 완전한 신임을 받고 있다고 생각하지 않고 있군. 그래서 말하지 않은 거야.'

이 시점에서는 당연히 기분이 더러워야하는데, 이상하게도 단해룡은 기분이 좋아지고 있었다.

그래서 문득 장도명이 아편 같다는 생각이 잠깐 들었다가 사라졌다.

아편은 환각을 일으키고, 또 신체에 악영향을 끼치는 중독

성을 지니고 있다.

단해룡은 자신이 장도명에게 중독되고 있다는 사실을 어렴풋이 느꼈지만 개의치 않았다.

"그럼 묻겠소. 금호방주를 암살한 배후가 누구요?"

"그전에……."

장도명은 얼른 대답하지 않고 다른 말을 하면서도 그 말마저 끝을 흐리는 배짱을 부렸다.

"대검로를 빌려주십시오."

이번에는 단해룡도 슬쩍 눈살을 찌푸렸다.

속이 꼬이는 듯한 느낌. 기분이 슬며시 나빠지려는 것을 그는 지그시 인내했다.

"조금 전에 말한 이유 때문이오?"

"그렇습니다. 가주께서는 이십 일 후에 누가 무엇 때문에 금호방주를 죽였는지 알게 되실 것입니다."

이것 역시 놀라운 말이지 않은가. 장도명의 표정은 담담했다. 하지만 단해룡은 그의 얼굴에서 자신만만함을 발견했다.

단해룡은 잠시 생각에 잠겼다. 하지만 이번만은 감정적으로 미리 결론을 내려놓고 생각하는 체만 하는 것이 아니라, 정말로 골똘하게 생각을 했다.

"알았소. 그렇게 하리다."

이윽고 그는 고개를 끄덕였다.

“한 가지 더 있습니다.”

장도명은 아예 한 걸음 더 나아갔다.

이쯤에서 단해룡은 그를 이해하려는 것을 포기하고 말았다.

“무엇이오?”

“살수를 잡으면 속하에게 주십시오.”

단해룡은 또다시 할 말을 잃었다. 대부분의 사람들은 언제나 상식의 한계 내에서 말하고 행동하며, 소수의 사람들이 비상식적인 언행을 하는데, 그들의 대다수는 미친놈이고, 극소수만이 비범한 인간이다.

그런 점에서 장도명은 미친놈이거나 비범한 인물인데, 지금까지로 봐서는 미친놈은 아닌 듯했다. 그는 비범한 인물이 틀림없었다.

“그것은……”

“살수에게서는 필요한 정보를 얻어내지 못할 것입니다. 그리고 소가주는 무사히 가주 품으로 돌려보내드리겠습니다.”

장도명은 단해룡의 생각을 또 앞질렀다.

살수란 누군가를 죽이는 수단. 즉, 도구에 불과하다. 장도명이 배후인물이 누군지, 왜 금호방주를 죽였는지 이십 일 후에 말해준다면 더 이상 살수 따윈 필요하지 않았다.

다만 두 가지 문제가 남는데, 살수를 장도명에게 내어준다

면, 살수가 단해룡이 배신했던 중천절 설무검의 친동생 설영
이기 때문에 결코 살려두어서는 안 된다는 사실과 백여 명이
나 되는 낙성검사들을 죽인 살수에게서 낙성검가가 손을 뗐
다는 세간의 원성 정도를 감수해야 한다는 사실이다.

"살수를 어쩔 생각이오?"

"속하의 손으로 죽이고 싶습니다."

장도명은 추호의 살의도 얼굴에 떠올리지 않은 채 마치 오
래 전에 잃어버렸던 어린 조카를 되돌려 받고 싶은 숙부의 표
정을 짓고 있었다.

장도명이 뒤끝 없이 설영을 죽여주고, 단소예를 무사히 낙
성검가로 돌려보내준다면, 단해룡으로서는 하등의 거절할 이
유가 없다.

그것은 장도명으로서는 굳이 부탁하지 않아도 될 일이지
만, 그는 기꺼이 정중하게 부탁함으로써 단해룡의 체면을 살
려주는 배려를 아끼지 않았다.

"알겠소. 그럼 어떻게 하면 되오?"

단해룡은 대화가 너무도 놀랍고 빠르게 진행되고 있는 터
라 한 가지 실수를 했다.

장도명이 무엇 때문에 살수를 직접 죽이려는 것인지에 대
해서 의문을 품지 않았다는 것이다.

"낙양성 내를 수색하고 있는 중천무림의 모든 인원을 거두

어주십시오."

단해룡은 어떻게 설영을 찾아내고 또 제압할 것인지에 대해서는 묻지 않았다.

"그리고 두 명의 대검로를 제압할 수 있을 만한 실력을 지닌 소수의 정예를 속하에게 붙여주십시오."

단해룡은 가볍게 어이없는 표정을 지었다.

"그놈이 두 명의 대검로를 합친 정도의 실력자라니, 장 책사는 그놈을 너무 과대평가하는 것이 아니오?"

장도명은 끝까지 겸손했고, 자신을 드러내지 않았다.

"가주께선 그놈이 아미파의 실전된 절학을 사용했다는 보고를 이미 받으셨지요?"

"그렇소."

"무서운 놈입니다. 그놈이 전력을 경주한다면, 아마도 가주와 오십 초식을 나눌 수 있지 않겠습니까?"

단해룡은 장도명이 설영을 너무 치켜세우는 바람에 자신도 모르게 실소가 나왔다.

"핫핫핫! 내게 그런 놈은 오 초식도 지나칠 것이오."

그렇지만 장도명은 그저 담담히 미소만 지을 뿐이었다. 웬만한 책사 같으면 이 부분에서 맞장구를 쳐줄 텐데도 그는 가만히 있었다.

구합취용(苟合取容) 같은 아부로 자신의 격을 떨어뜨리지 않으려는 것이다.

단해룡은 웃음을 멈추고 정색을 했다.

"설사 그렇더라도 두 명의 대검로를 제압할 만한 실력의 정예를 달라고 한 것은?"

"궁서설묘(窮鼠囓猫)입니다."

"아무리 궁지에 몰린 쥐가 고양이를 문다고 해도 그놈은 일개 살수에다가 아직 어린놈일 뿐이오."

장도명의 자랑은, 굳이 그것에 대해서 단해룡에게 구구하게 설명하지 않아도 그가 자신의 요구를 들어줄 것이라는 사실을 예상하고 있다는 것이었다.

왜냐하면, 장도명이 두 명의 대검로를 제압할 수 있는 소수 정예를 내어달라고 요구한 것이 살수만을 잡기 위해서가 아니라, 금호방주를 죽이라고 청부한 배후인물을 제압하기 위해서라는 사실을 단해룡이 알고 있기 때문이었다.

"알았소. 내 장 책사에게 대검로와 낙성신검대(落星神劍隊)의 신검사(神劍士) 열 명을 내어주겠소."

처음부터 장도명을 시험하겠다고 작심한 단해룡이다. 잘 만 되면 천군만마 같은 책사를 얻는 것과 아울러 금호방주를 누가 무슨 이유로 죽였는지도 덤으로 알게 될 것이고, 설혹 잘못 된다고 해도 단해룡으로서는 잃을 것이 없었다.

그는 대검로와 낙성신검대가 잘못될 것이라고는 조금도

생각하지 않고 있었다.

"가주……."

함붕이 놀라서 입을 열었지만 곧 급히 다물고 말았다. 단해룡의 결정은 하늘이 두 쪽이 나도 번복할 수 없다는 사실을 떠올린 것이다.

장도명은 낙성신검대가 무엇이냐고 묻지도 않았을뿐더러, 그들 열 명만으로 살수와 배후인물을 제압할 수 있겠느냔 의심도 하지 않았다.

그제야 단해룡은 장도명이 외부로 알려지지 않은 낙성검가의 비밀에 대해서도 이미 많은 것을 알고 있을 것이라고 짐작했다.

第五十五章

잠행(潛行)

설영은 한 번에 오 장 이상을 전진하지 못하고 있었다.

대로든, 골목이든, 지붕 위든 성내 곳곳에 몇 걸음마다 한 무리에 십여 명 이상의 무사와 고수들이 셀 수도 없을 만큼 깔려 있었다.

그들은 크게 두 부류였다. 거리 요소요소를 지키는 자들과 돌아다니면서 수색하는 자들이었다. 지키는 자들은 무사 수준이고, 수색하는 자들은 고수급이었다.

대로에는 최소한 삼 장에서 오 장 간격으로, 또한 골목 입구나 모퉁이에는 어김없이 무사들의 모습이 보였으며, 높고 낮은 지붕 위에는 서너 집 건너 한 무리의 무사들이 서서 사방을 경계하는 모습이 보였다.

설영과 단소예는 대로가의 어느 높은 담벼락 아래쪽에 등을 대고 찰싹 붙어 있었다.

두 사람은 흑의를 구해서 입은 상태라서 거무튀튀한 벽에 붙어 있으니 여간해서는 잘 눈에 띄지 않았다.

그렇다고 언제까지나 이대로 담벼락에 붙은 채 가만히 있을 수는 없었다.

객잔을 나와서 이곳까지 백여 장 남짓 오는 데 무려 이 각 가까이나 걸렸다.

지금 두 사람이 있는 곳에서 오른쪽으로 사 장쯤 되는 곳에는 골목 입구가 하나 있는데, 그곳에 십여 명의 무사들이 몰려 서 있었다.

단소예는 복장을 보고 그들이 중천칠지파 중 하나인 기룡방(騎龍幫) 사람들인 것을 알았다.

기룡방 이급 정도의 무사들 같았는데, 그 자리에서 꼼짝도 하지 않은 채 날카로운 시선으로 주위를 둘러보고 있었다.

고수와 무사의 구분은 딱히 정해진 바는 없지만, 필요에 의한 통상적인 구분 정도는 있다.

고수는 절정, 일류, 이류, 삼류의 네 부류로 나누고, 무사는 일급, 이급, 삼급으로 나누는 것이 그것이다.

그렇게 볼 때 골목 입구에 서 있는 십여 명의 기룡방 사람들은 이급 정도의 무사들인 듯했다.

그들에게서 사 장쯤 떨어진 곳의 대로 건너편에 또 다른 방파의 무사들 십여 명이 모여 서 있었고, 그들 뒤쪽의 지붕 위에는 이류고수 정도로 보이는 인물들 십여 명이 눈을 번뜩이면서 사방을 살피고 있었다.

설영과 단소예는 이런 상황 속에서 백여 장이나 이동한 것이다. 그러니 결코 짧은 거리라고 할 수 없었다.

그런데 이곳은 다른 데보다 경계가 더욱 삼엄했다. 두 사람은 이곳에서 이미 반 각 동안이나 발이 묶인 채 오도가도 못하고 있는 중이었다.

"저기……"

설영이 어떻게 할 것인지 고심하고 있을 때 단소예가 전음으로 조용히 입을 열었다.

설영은 왼팔로 그녀의 허리를 안았고, 그녀는 그의 가슴에 거의 안기듯이 기대어 있는 자세였다.

"우린 면구로 변장을 했으니까 그냥 떳떳하게 활보하는 것이 어떻겠어……?"

단소예의 전음이 조금 흐려졌다. 그러나 설영은 지금의 상황 때문에 별로 신경 쓰지 않았다.

바로 그때 저만치에서 걸어오던 여행객 차림을 한 세 명의 사내들이 대로상을 지키는 무사들에게 제지를 당하고 있는 광경이 눈에 띄었다.

사내들은 손짓 발짓을 해가면서 자신들의 신분과 여행 목적을 설명하는 것 같았지만, 잠시 후 무사들에 의해서 어디론가 끌려갔다.

아마도 그들은 철저한 조사를 받고 살수가 아니라는 판정을 받은 후에야 풀려나게 될 것이고, 그러기 위해서는 꽤나 고초를 겪어야 할 것이다.

그 광경을 보고 설영과 단소예는 한 가지 사실을 깨달았다. 지금처럼 야심한 시각에 돌아다니는 사람은, 불문곡직 끌려가서 조사를 받게 된다는 사실이다.

면구를 썼으니까 떳떳하게 대로를 걸어가자고 했던 단소예는 더 이상 거기에 대해서 말하지 않았다.

객잔에서 해시(밤10시)쯤 나왔는데 조금 있으면 자시(자정)가 된다. 너무 오래 지체하고 있었다.

오른쪽 사 장쯤 거리의 골목으로 들어가서 끝에 다다르면 강둑이 나온다.

거길 넘어 급경사 아래쪽에 넓은 초지가 있고, 그곳 어딘가에 정미가 있을 것이다.

무슨 수를 써서라도 강둑까지 가기만 하면 된다. 강둑을 넘으면 갈대숲이 무성하므로 걱정이 없다.

그런데 직선으로 고작 사백여 장 남짓의 거리를 가지 못해서 이러고 있는 것이었다.

만약 설영 혼자였다면 이 정도의 경계망으로는 그를 막지 못할 것이다.

그가 익힌 뛰어난 잠행술로 능히 저들의 경계를 통과할 수가 있기 때문이다.

그러나 문제는 설영 혼자가 아니라 단소예가 함께 있다는 사실이다.

잠행술은 혼자 행하는 것이지, 살수 수법에 대해서는 아무것도 모르는 단소예를 데리고 할 수 있는 것이 아니다.

그렇다고 단소예를 내버려 두고 갈 수는 없다. 현재의 그녀는 설영만큼 위험한 상황이었다.

그것은 모두 설영을 구하려다가, 그리고 그와 함께 행동했기 때문에 얻어진 결과였다.

단소예를 내버려 두고 갈 수밖에 없는 상황이라면, 설영은 차라리 그녀와 함께 이곳에 남는 방법을 선택할 것이다.

설영은 고개를 들어 담 위를 쳐다보았다. 높은 담이었다. 이 정도 높고 견고한 담이라면, 아마도 이 안쪽은 커다란 장원일 터였다.

다시 오른쪽을 쳐다보았다. 그가 기대어 있는 담 끝에 무사들이 서 있었고, 그 담이 골목 안쪽으로 구부러지면서 모퉁이를 이루었다.

설영은 자신이 등을 붙이고 있는 장원의 담이 강둑까지 이어져 있기를 내심으로 빌었다.

그는 품속에 꼭꼭 접어두었던 헝겊을 꺼냈다. 그것은 객잔에서 덮었던 이불의 홑청으로 짙은 감청색이었다.

쓸모가 있을 것 같아서 뜯어서 가져왔는데, 지금 써야 할 것 같았다.

"소예, 지금부터 이동할 거야."

설영의 나직한 전음에 단소예는 가볍게 고개를 끄덕였다. 그녀는 고개를 설영의 어깨에 기대고 있었으므로 끄덕임이 그대로 전해졌다.

"긴장하지 말고 나한테 잘 붙어 있기만 해."

"네."

단소예는 설영의 귀에 대고 나직이 대답했다. 아까 둘이 사랑을 나눌 때, 몸이 녹아버릴 것 같은 행복 때문에 끝없이 사랑한다고 속삭였던 것과 똑같은 달콤한 속삭임이었다.

설영은 가볍게 표정이 번하여 단소예를 돌아보았다.

그러자 그녀는 눈을 내리깔고 부끄러운 듯 얼굴을 그의 어깨에 묻었다.

조금 전에 그녀는 말을 하다가 말끝을 흐리고 말았었다. 존대를 하려고 했는데 어색하기도 하고, 또 용기가 없어서 그만 두었던 것이다.

그런데 방금 그녀는 설영의 말에 '네'라고 대답했다.

친구에서 연인으로 발전한 두 사람이지만 변화는 단소예에게 먼저 찾아왔다.

그녀는 이제 설영을 자신의 지아비로 맞이하고 인정했다.

그러므로 예전에 친구였던 시절에 설영을 대하던 모든 것들을 버리고 지아비로서 대우해야한다고 생각한 것이다.

그 첫 번째가 말투를 바꾸는 것이고, 그래서 공손하게 존대를 한 것이다.

설영은 단소예의 그런 뜻을 즉시 알아차렸다. 단지 '네'라는 한마디였지만, 설영은 그 말을 듣는 순간 자신이 단소예의 남편이 된 듯한 흐뭇한 기분을 느꼈다.

슥―

설영은 두 손으로 단소예의 양 어깨를 잡고 그녀의 등을 벽에 대게 한 후, 그녀의 앞에 마주 보는 자세로 서서 최대한 몸을 밀착시켰다.

단소예는 설영의 갑작스런 행동에 깜짝 놀랐으나 가만히 서서 얼굴을 살포시 붉히며 사르르 눈을 감았다.

설영이 입맞춤을 하거나 자신을 안으려 한다고 지레짐작을 한 것이다.

하지만 이런 상황에서 웬 애정 표현인가? 라는 생각은 조금도 들지 않았다.

하루 종일이라도 그에게 꼭 안겨서 끝없이 입맞춤을 받고 싶은 단소예였다.

그의 묵직한 체중이 그보다 천만 배나 더한 사랑의 무게로 그녀에게 전해졌다.

그때 설영이 그녀에게 전음으로 빠르게 속삭였다.

"두 팔을 내 겨드랑이로 집어넣어서 등에 각지를 끼고, 두 발은 밖으로 해서 허벅지 안쪽으로 넣어 발끝으로 단단하게 지탱해."

"……."

단소예는 깜짝 놀란 얼굴로 설영을 빤히 바라보았다.

"왜?"

설영이 묻자 단소예는 화들짝 놀라면서 급히 얼굴을 그의 가슴에 묻었다.

그리고는 서둘러 그가 시키는 대로 했다. 그러나 당황한 탓에 제대로 되지 않았다.

설영이 입맞춤을 해줄 것이라고 잠깐 동안 오해를 했던 자신이 원망스러웠고, 부끄럽기 짝이 없었다.

두 손을 그의 등 뒤로 돌려 각지를 끼는 것은 됐는데, 두 발이 제대로 되지 않아 애를 먹었다.

설영은 미소를 지으면서 그녀의 두 발을 잡아 자신의 뒷무릎 바로 위쪽에 걸쳐 주었다.

"꼭 잡아. 간다."

설영은 나직하고 빠르게 전음을 보내자마자 능숙한 솜씨로 객잔에서 가지고 나온 이불 홑청을 뒤집어썼다.

그러자 두 사람의 모습이 그 자리에서 사라졌다. 그 대신 그들이 있던 곳의 담벼락이 약간 도드라져 불룩하게 보였다.

아니, 설영은 홑청을 뒤집어쓰는 것과 동시에 열 손가락을 꼿꼿하게 세워 담을 번갈아서 움켜잡으며 발끝으로 밀어 올리면서 빠르게 기어올랐다.

단소예는 깜짝 놀라 설영에게 더욱 바짝 몸을 밀착시키면서 힘껏 매달렸다.

살수들의 은둔, 은신술이나 잠행술이란 것은 원래 주변의 지형지물을 최대한 이용하여 자신의 몸을 감추는, 그래서 죽은 듯이 있거나 이동하는 것을 가리킨다.

무슨 사술이나 요술을 사용하여 한순간에 그 자리에서 퍽! 하고 연기처럼 사라진다든가, 땅속으로 꺼졌다가 저 멀리 다른 지점 땅속에서 솟구친다는 허황된 얘기들은 신비하게 행동하는 살수들을 더욱 신비하게 만들기 위한 재담꾼들의 헛소리일 뿐이다.

설영은 잠시 후 바닥에서 이 장 반 높이의 담 꼭대기 바로 아래에 이르러서 일단 멈추었다.

담 옆에 달라붙어 이동할 때에는 담이 약간 볼록하게 솟아오른 정도여서 자세히 눈 여겨서 보지 않으면 모르지만, 담 위는 다르다. 조금만 솟아올라도 금세 눈에 띄기 때문에 여간 조심하지 않으면 안 된다.

설영은 홑청을 살짝 들추고 골목 입구와 사 장 거리의 대로 맞은편, 그리고 그 뒤쪽 지붕 위에 서 있는 무사들을 빠르게 쓸어보았다.

다행히도 가장 가까운 거리인 골목 입구에서는 이쪽이 보이지 않았다.

그렇지만 문제는 사 장 거리의 대로 맞은편과 그 뒤쪽 지붕 위의 무사들이었다.

그들 중에 누군가 한 명이라도 이쪽을 보고 있기만 하다면, 설영이 담을 넘어갈 때 담 위로 무언가 볼록 솟아오르는 것을 단번에 발견할 것이 분명했다.

설영은 언제든지 담을 넘을 준비를 하고는 대로 맞은편과 지붕 위의 무사들을 날카롭게 쏘아보았다.

모두 이십 명. 지금부터 그들 모두에게서 시선을 떼지 않고 있다가 이쪽을 보는 시선이 한 명도 없다는 판단이 설 때 순식간에 담을 넘어야만 한다.

그때 설영의 두 눈동자가 각기 따로 움직였다. 왼쪽 눈동자는 대로 맞은편의 열 명을, 오른쪽 눈동자는 지붕 위의 열 명을 나누어 주시했다.

인간의 눈은 구조상으로 한 번에 하나의 사물밖에 볼 수가 없게 되어 있다.

두 눈동자를 제각기 따로 움직이게 하여 한 번에 두 개의 사물을 보도록 하는 수련은 검풍루의 살수 수업에 포함된 과목이었다.

그렇지만 반드시 터득해야만 하는 필수과목은 아니었다. 익혀두면 유리하고, 익히지 못하면 불편한 정도였다.

필수과목이 아닌 이유는 사람의 뇌가 한 번에 두 가지 생각을 할 수 없듯이, 눈도 한 번에 두 개의 사물을 보는 것이 근본적으로 불가능하기 때문이다.

그렇다고 검풍루 내에서 그 과목을 터득한 살수가 전혀 없다는 것은 아니다.

설영의 양어머니 한효령의 말에 의하면, 검풍루의 살수들은 삼십 명의 한 명 꼴로 그것을 터득했다고 한다.

단소예는 원숭이 새끼가 어미 품에 안기듯 조금의 틈도 없이 설영의 몸 앞쪽에 밀착한 상태로 잘 매달려 있었다.

'지금이다!'

한순간 대로 맞은편과 지붕의 이십 명 전원이 다른 곳을 보고 있었다.

이런 기회는 결코 흔하지 않을 것이며, 또한 그다지 길지 않을 터이다.

설영은 두 발 끝에 힘을 주어 벽을 박차고 솟구쳐 올랐다가 왼손 다섯 손가락으로 담 꼭대기의 도드라진 부분을 움켜잡은 후, 원심력을 이용하여 구렁이가 담을 넘듯이 낮게 깔려서 순식간에 담 안쪽 벽에 달라붙은 후 그대로 멈춘 채 청력을 극대화시켰다.

만약 누군가 설영이 담을 넘는 것을 발견했다면 담 너머에서 소요가 일 것이다. 그것을 감지하려는 것이었다. 발각됐다면 전력으로 강둑을 향해 달릴 각오였다.

스릉!

그 순간, 도가 칼집에서 빠르게 빠져나오는 소리가 들렸다. 검이 빠져나오는 소리는 이보다 더 가볍다.

그런데 귀를 기울이고 있던 담 너머가 아니라 생각지도 않았던 담 안쪽이었다.

'아차!'

담 밖만 살폈을 뿐이지, 담 안쪽에는 조금도 신경을 쓰지 않았던 것이 불찰이었다.

하지만 이미 엎질러진 물. 돌이킬 수 없는 일이다.

설영은 일단 잠자코 있으면서 상황을 지켜볼 생각이었다.

도를 뽑은 자들이 무사 수준이라면, 검은 홑청을 뒤집어쓰고 순식간에 담을 넘어 들어오는 설영을 제대로 보지 못했을 수도 있었다.

단지 무언가 검은 물체가 담 위에서 꿈틀하는 것 정도로 보고 반사적으로 도를 뽑은 후 확인하려고 다가오고 있는 것일 수도 있는 것이다.

그렇다면 이대로 담에 찰싹 붙어 있으면 요행히 착각으로 여기고 그냥 지나칠 수도 있는 일.

그렇지만 살수에게 요행을 바라는 것처럼 어리석은 짓은 없다. 설영은 만일의 사태에 대비하여 오른손으로 어깨의 검파를 가만히 움켜잡았다.

이럴 때 그가 검풍루 영검낭자 시절에 직접 도안하여 만든 암기인 야차비살이 있었으면 한꺼번에 대여섯 명 정도의 무사는 끽 소리도 지르지 못하게 즉사시킬 수 있을 텐데, 항상 몸에 지니고 다니는 야차비살 이십 개는 낙화귀에게 제압되어 낙영루로 끌려가 옷이 벗겨지는 과정에서 모두 뺏기고 말았다.

사박사박—

발자국 소리.

발밑에서 낙엽이 밟히는 소리가 점점 가까이 다가오고 있었다. 모두 세 개의 발자국 소리다.

굳이 발자국 소리가 아니더라도 설영은 그들의 심장 박동 소리를 듣고 이미 세 명이라고 간파한 상태였다.

또한 발자국 소리가 난다는 것은 그들이 고수가 아니라 이급 이하 수준의 무사라는 증거다.

설영은 만일을 위해서 최악의 상황을 대비했다. 여차하는 순간 세 명의 무사를 순식간에 죽이고 전력으로 강둑을 향해 달려야 하는 것이다.

죽이되 목줄을 정확하게 갈라서 비명은커녕 신음조차 흘리지 못하게 해야 한다.

그렇지 않으면 신음이나 비명을 듣고 즉각 수많은 무사와 고수들이 설영을 추격할 것이다.

그렇게 되면 그는 정미에게 가지 못하고 다른 곳으로 도주할 수밖에 없다.

설사 신음 소리를 내지 않고 죽인다고 해도 조만간 그들의 시체가 발견될 것이다.

그리 된다면 이 근처를 대대적으로 수색하여 머지않아 정미가 숨어 있는 장소가 발견될 것이다. 그렇기 때문에 결국 설영은 정미를 데리고 다른 안전한 장소를 찾아서 떠날 수밖에 없게 된다.

역시 최상의 길은 지금 이 순간 무사들에게 발각되지 않는 것뿐이다.

그래야만 정미가 있는 바위 아래의 은밀한 장소에서 조금 더 오래 머물 수 있을 터이다.

스사사아아ㅡ

미약한 밤바람이 불어와 나뭇가지에 매달린 나뭇가지를 흔드는 소리가 들려왔다.

설영은 그 소리로 미루어 담 안쪽이 인공적으로 조성된 숲이며 그 폭이 사오 장 정도 될 것이라고 짐작했다. 그리고 나무들이 제법 빽빽하다는 사실도 알 수 있었다.

설영이 담을 넘어오는 순간에 이들 세 명의 무사는 인공 숲 속에 있지는 않았을 것이다.

그들은 아마 숲 밖을 순찰하다가 무엇인가 검은 물체가 담을 넘는 듯한 광경을 빽빽한 나무들 사이로 얼핏 본 것에 불과할 터이다.

사박사박ㅡ

발자국 소리가 점점 더 가까워져서 이 장에 이르더니 잠시 멈췄다가 다시 들렸다. 그런데 이번에는 점차 멀어지는 발자국 소리였다.

다행히 발각되지 않았다. 하긴, 고도의 은둔 수련을 받은 설영을 그들이 발견하기란 쉽지 않은 일이다.

극도의 긴장으로 팽팽해졌던 단소예의 몸이 약간 풀리면서 그녀가 설영의 귓가에 안도의 뜨거운 입김을 토하는 것이 느껴졌다.

설영은 미동조차 하지 않은 채 잠시 더 기다렸다. 세 명의 무사가 숲 밖으로 나가 멀어지는 발자국 소리가 들렸다. 더구나 이제부터 설영이 이동해야 하는 방향의 반대편으로 가고 있어서 더욱 다행이었다.

그는 무사들의 발자국 소리가 더 이상 들리지 않을 때까지 충분히 기다렸다.

이윽고 담 안 아래쪽 담벼락에 달라붙어 거미처럼 빠르게 골목 입구의 모퉁이 쪽으로 이동했다.

숲 바닥으로 내달리거나 나무와 나무 사이를 건너뛰며 쏘아가면 더 빠르겠지만, 그렇게 하면 아무리 조심해도 미세한 소리가 날 것이다.

이 주변에 육안으로 확인된 무사들만 있다고 섣부르게 판단하는 것은 경솔한 짓이다.

진짜 고수라면 눈에 띄지 않는 위치에 있을 것이며, 설영에게 감지되지 않았을 것이다.

지금은 모험보다는 만에 하나라도 벌어질지 모르는 사태를 계산하여 움직여야만 한다.

이윽고 설영은 골목 입구에서부터 칠십여 장쯤 거리에 이르렀다. 그곳은 장원의 담이 끝나는 지점이었다.

그의 계산이 틀리지 않다면, 골목이 끝나 강둑이 있는 곳까지는 이제 오십여 장이 남았을 것이다.

그곳에서 잠시 생각하던 그는 결정을 내리고 즉시 바로 앞쪽에 보이는 장원의 담, 즉 뒷담을 넘었다.

골목 쪽의 담을 넘어서 골목 끝까지 달려가지 않은 이유가 있었다.

칠십여 장의 거리라면 골목 입구에서는 안쪽이 거의 보이지 않을 테지만, 골목이 끝나 강둑이 가로막힌 지점에 또 다른 무사들이 지키고 있을 것이라는 추측 때문이었다.

그렇다면 그곳에서는 설영이 달려오는 것이 보일 수도 있고, 더구나 무사들이 뻔히 지키고 있는 골목으로 빠져나갈 수는 없는 노릇이었다.

그곳을 지키고 있는 무사가 없다고 해도 모험을 하기는 싫었다. 설영에게는 살아서 나가는 것 말고 한 가지 사명이 더 생겼기 때문이다.

단소예를 무사하게 보호하는 것이 그것이다.

담을 넘자 평범한 일반 가정집 마당이 전면에 나타났다.

설영은 담 아래에서 흩청을 슬쩍 걷어 한쪽 눈만 밖으로 내놓고 재빨리 주변과 지붕 위를 훑어보았다.

그가 있는 곳에서 오른쪽으로 삼 장 거리의 옆집 지붕에 무사 한 명이 우뚝 서 있었다.

옆집이 삼 장 거리밖에 되지 않는다면, 장원 너머의 집들은 오밀조밀 고만고만하다는 뜻이었다.

지붕 위에서 경계하고 있는 무사에게서 조금 더 먼 뒤쪽과 오른쪽에 각기 한 명씩의 무사가 서서 주위를 살피고 있는 모습이 보였다.

그러나 오른쪽 삼 장 거리의 가장 가까이에 있는 무사만 신경을 쓰면 될 듯했다.

게다가 지붕에 서면 멀리 볼 수 있다는 이점이 있는 반면, 가까운 곳의 아래쪽을 제대로 보지 못한다는 취약점이 있다. 말하자면 등하불명(燈下不明)인 셈이다.

그것은 대부분의 집들 지붕의 처마가 새가 날개를 활짝 펼친 것처럼 폭이 넓은 데다 바깥쪽이 위로 번쩍 쳐들리는 비첨(飛檐)의 양식을 취하고 있기 때문이었다.

장원이 아닌 일반 집들은 인공 숲도, 정원도, 나무도 없어서 바닥에 낙엽 같은 것이 굴러다니지 않는다.

그것은 발끝으로만 땅을 살짝살짝 딛고 전력을 다해서 내달릴 경우에 낙엽을 밟는 것보다 훨씬 미약한 소리가 날 것이라는 뜻이다.

그러나 일류와 절정의 경계 선상에 있는 설영 정도의 고수가 내는 소리를 삼 장 거리 지붕에 서 있는 이급무사가 감지할 수 있다는 생각은 들지 않았다.

설영은 잠시 생각에 잠겼다. 만약 이 근처에 무사 말고 설영이 발견하지 못한 다른 고수가 숨어 있다면, 마당을 가로지르는 순간 즉시 발각되고 말 것이다.

그렇지만 지금으로서는 그 방법밖에 없었다. 이 집의 담벼락은 회백색이라서 검은 계열의 홑청을 뒤집어쓰고 움직이면 확연히 드러날 것이다.

'간다!'

결국 설영은 마당을 가로지르기로 결정을 내렸다.

슈웃!

아래쪽 담에 붙어 있던 설영은 홑청을 뒤집어쓰고 얼굴만 내놓은 상태에서 두 발끝으로 힘껏 담벼락을 박차고 마당을 가로질러 날았다.

오 장 정도 폭의 마당을 바닥에서 반 장쯤 낮게 떠서 쏘아 가다가 한 차례 발끝으로 땅을 살짝 찍고 다시 힘차게 도약해 비스듬히 떠오르며 쏘아갔다.

마당 오른쪽에는 집 건물이 위치해 있었으므로 그 너머 다음집의 지붕 위에 서 있는 무사로부터 완벽하게 시야를 차단시켜 주었다.

집 건물이 끝나는 지점에서 담까지의 거리가 일 장, 그 담을 넘어 다음 집 건물이 있는 곳까지 다시 삼 장, 도합 사 장 거리가 노출될 것이다.

노출되는 지점은 모두 삼 장 거리로, 지붕 위에서 대로 쪽을 향해 서 있는 무사의 오른편과 뒤쪽의 중간쯤이다. 무사가 이상한 낌새를 감지하고 일부러 고개를 돌리지 않는 한 발견할 수 없는 위치인 것이다.

마당을 가로지른 설영은 비스듬히 날아오르면서 아슬아슬한 높이로 낮게 담을 넘었다.

일반 집들의 담은 장원의 담과는 달리 일 장도 채 되지 않는 높이였고, 담이 건물보다 높지 않아서 담을 넘더라도 여간해서는 눈에 띌 염려가 없었다.

지금 설영은 오른쪽 삼 장 거리에 있는 무사는 아예 신경을 쓰지 않았다.

이미 결단을 내리고 움직임을 시작했는데, 그런 것까지 소심하게 신경을 쓰다가는 아무것도 하지 못한 채 옴짝달싹도 할 수 없게 돼버린다.

그는 대여섯 차례 눈을 깜빡일 정도의 시간에 마지막 집 담 아래에 당도했다.

순식간에 오십여 장을 이동한 것이다. 이 갑자 백이십 년 공력을 지니고 있기에 이 정도의 움직임으로는 숨결조차 흐트러지지 않았다.

그는 담벼락 아래에 달라붙은 채 청력을 끌어올려 주변의 기척을 살폈다.

그러자 과연 좌측 골목이 끝나는 지점에서 정확하게 세 명의 호흡 소리가 감지됐다.

그 외에는 방금 지나왔던 쪽에서 지붕에 띄엄띄엄 서 있는 세 무사의 호흡 소리가 흐릿하게 감지됐다.

일단 주위 이삼십여 장 이내에는 그들 여섯 명만 있는 것으로 확인됐다.

설영은 단소예를 담 아래에 놔두고 혼자 흩청을 뒤집어쓰고는 담벼락에 찰싹 달라붙은 채 위로 기어올랐다.

몸이 담 위로 솟아오르지 않은 상태에서 고개를 옆으로 꺾어 담과 수평이 되게 한 후 흩청을 살짝 걷고 한쪽 눈만을 담 위로 내놓았다.

지금부터 가야 할 위치와 거리를 측정하여 방법을 세우기 위해서였다.

담 위로 어둡게 반짝이는 보석 같은 물체가 약간 솟았다. 설영의 한쪽 눈이었다. 눈동자가 이리저리 구르면서 흐릿한 빛이 흘러나왔다.

담에서 강둑까지의 거리는 이 장 반. 강둑은 담보다 삼분의 이 높이밖에 되지 않아서 그 너머 급경사와 아래쪽 드넓은 갈대숲과 초지가 훤히 내려다보였다.

설영의 눈동자가 점차 초지의 왼쪽으로 향했다. 그러자면 담과 수평으로 누워 있는 자세에서 눈을 한껏 위로 치떠야만 한다.

　그러나 극한까지 눈을 치떴지만 정미가 숨어 있는 바위는 보이지 않았다. 아마도 눈동자가 정수리까지 올라갈 수 있다면 보였을 것이다.

　그다음은 강둑과 오른쪽에 누가 없는지 확인하는 것이다.

　그러자면 머리를, 아니, 어깨까지 담 너머로 넘겨야 하는데, 그것은 너무 위험했다.

　설영은 오른쪽을 살피는 것을 포기하고 바닥으로 살쾡이처럼 추호의 기척도 없이 내려섰다.

　잠시 생각하던 그는 담 아래쪽을 자세히 살폈다. 검붉은 벽돌로 쌓아올린 꽤 오래된 담이어서 검푸른 이끼가 잔뜩 끼어 있었다.

　그는 손을 뻗어 한동안 벽을 쓰다듬듯이 더듬다가 이윽고 한곳에 멈추었다.

　약간 돌출되고 헐거운 벽돌 하나를 잡고 좌우로 가볍게 비틀듯이 흔들자 벽돌이 움쩍거렸다.

　그는 인내심을 갖고 사분의 일각 정도 벽돌과 씨름을 하다가 결국 벽돌 하나를 담에서 뽑아내는 데 성공했다.

　그 좁은 공간을 통해서 담 너머 아래쪽에 누렇게 말라죽은 누런 풀들이 무성한 광경이 보였다. 다행히 담 너머는 풀숲이었다.

　설영은 이각 정도의 시간을 들여서 방금 뽑아낸 벽돌 주변의 다른 벽돌 네 개를 더 뽑아냈다.

그러자 사람 한 명이 겨우 빠져나갈 수 있을 정도의 사각의 구멍이 생겨났다.

이어서 그곳으로 자신이 먼저 기척없이 빠져나갔다.

담 밖의 풀숲은 폭 일 장여, 왼쪽 세 명의 무사들이 서 있는 골목의 막다른 곳까지 이어져 있었다.

풀숲의 높이는 허벅지 정도에 이르러서 낮게 엎드려 있으면 발각되지 않을 것이다.

소리는 나지 않게 할 자신이 있으므로 세 명의 무사에게 육안으로 발각되지만 않으면 안심이다.

설영은 단소예의 손을 잡고 최대한 조심하면서 담 밖으로 이끌었다.

그녀는 설영의 도움을 받아 한 마리 뱀이 미끄러지듯이 추호의 기척도 없이 담 밖으로 나오는 데 성공했다.

설영은 다시 공을 들여 벽돌을 원래의 위치에 정확하게 끼워 맞추었다.

그 어떤 것이라도, 그리고 아무리 작은 것이라도 흔적을 남겨서는 안 되기 때문이다.

벽돌이 다 끼워진 담벼락은 감쪽같았다. 그 앞에 눈을 바짝 들이대고 봐야 떨어져 나간 약간의 이끼 따위로 누군가 손을 댔었다는 사실을 겨우 알 수 있을 정도였다.

설영은 바닥에 납작하게 엎드려 강둑 쪽으로 나아가 풀숲이 끝나는 곳에서 살짝 고개를 내밀고 좌우를 살펴보았다.

왼쪽 이 장 반 거리의 골목 막다른 곳에 세 명의 무사들이 서서 두런두런 대화를 나누고 있는 광경이 보였지만, 오른쪽에는 아무도 보이지 않았다.

풀숲의 끄트머리에서 강둑까지의 거리는 일 장 반.

한 번 도약으로 간단하게 넘을 수 있다. 그리고 강둑 너머로 넘어가서 강변의 울창한 키 큰 갈대숲 속으로 숨어들면 일단 위험은 벗어났다고 해도 좋을 터이다.

설영은 마지막으로 왼쪽 골목의 막다른 곳에 서 있는 세 명의 무사를 쳐다보았다.

단소예와 함께 강둑으로 몸을 날리기 위해서 최후의 기회를 포착하려는 것이다.

그들은 대화를 하느라 둥글게 모여 서 있어서 전혀 문제가 되지 않았다.

설영은 이번에는 단소예를 등에 업고 홑청을 뒤집어썼다.

단소예는 두 팔을 설영의 겨드랑이 아래로 넣어 가슴을 꼭 끌어안고, 두 발로는 그의 허리를 조였다.

설영은 눈만을 내놓은 채 왼쪽 무사들을 힐끗 쳐다보고는 살짝 지면을 박찼다.

"……!"

아니, 튀어나가려다가 즉시 멈추었다.

무심코 오른쪽을 쳐다보는 순간 십오륙 장 거리에서 두 명의 인물이 소리없이, 그러나 바람처럼 빠르게 쏘아오는 것을 발견한 것이다.

설영은 반사적으로 납작하게 엎드리며 홑청을 뒤집어썼다.

튀어나가려다가 말았기 때문에 그의 머리가 풀숲 아래쪽으로 반 뼘 정도 나와 있는 상태였다.

쏘아오고 있는 두 인물이 설영 쪽으로 시선을 주기만 하면 발각될 수밖에 없는 상황이었다.

두 인물이 칠팔 장 이내로 접근하자 그제야 옷자락이 펄럭이는 파공음이 들려왔다.

설영은 그 두 명이 일류 이상이고, 절정에는 조금 못 미치는 실력의 소유자라고 간파했다.

쉬익!

두 인물이 설영의 앞쪽에서 빠르게 스쳐 지나갔다. 그들의 발과 설영의 머리와의 거리는 불과 반 장 남짓.

설영은 두 인물이 스쳐 지나자마자 재빨리 홑청 밖으로 한쪽 눈을 내놓으며 쳐다봤다.

쉬이익!

두 인물은 막다른 골목에 서 있는 세 명의 무사에게는 눈길조차 주지 않은 채 그 옆을 빠르게 스쳐 갔다.

"엇?"

"뭐, 뭐야?"

그들이 지나간 다음에야 무사들은 화들짝 놀라 이미 저만치 멀어져 가는 두 인물의 뒷모습을 쳐다보았다.

그 순간 그들의 뒤, 담 쪽에서 하나의 검은 그림자가 강둑 위로 쏜살같이 쏘아가 순식간에 강둑 너머로 사라져 버렸다.

강둑 아래 급경사를 낮게 떠서 쏘아내리는 설영의 귀에 무사들의 두런거리는 목소리가 들려왔다.

"저자들, 뭐지?"

"중천오층 음양문(陰陽門)의 문주 부부인 음양생사신(陰陽生死神)이야."

설영은 무사히 강변의 갈대숲 속으로 스며들었다.

이어서 강 하류 쪽을 향해 빠르게 쏘아갔다.

第五十六章
비분강개(悲憤慷慨)

설영은 정미가 숨어 있는 바위가 빤히 바라보이는 오 장 거
리 갈대숲 속에서 달리는 것을 멈추어야만 했다.

그는 바닥에 납작하게 엎드린 채 전방을 쏘아보았다.

지금 그의 온몸은 당장이라도 터질 것처럼 팽팽하게 긴장
된 상태였다.

그의 등에 꼭 붙어 업혀 있는 단소예의 몸도 긴장으로 단단
하게 경직된 나머지 가늘게 떨리고 있었다.

두 사람의 시선이 멈춘 곳에 정미가 있었다.

그런데 그녀는 제압된 상태에서 바위 아래 동굴 입구 옆에

주저앉아 있는 모습이었다.

그녀의 주위에는 다섯 명의 인물들이 바위 쪽을 제외한 반원의 형태로 포위지세를 형성하고 있었다.

그들 다섯 인물은 낙성검가의 복장인데, 설영이 여태까지 봐왔던 낙성검사들과는 조금 다른 복장이었다.

설영은 그들이 고수들이며, 그것도 일류고수라는 것을 한눈에 간파했다.

일말의 흐트러짐이 없는 자세, 이마에 불쑥 숫은 태양혈, 몸에서 흐르는 기도와 깊숙이 가라앉은 눈빛, 차분한 행동거지 등을 보면 알 수 있었다.

설영의 시선에 비친 정미의 얼굴에는 당황함과 분노가 뒤범벅되어 떠올라 있었다.

그리고 그녀의 눈동자가 쉴 새 없이 이리저리 움직였다. 아마도 설영이 오지 않나 살피는 것 같았다. 그것이 설영의 마음을 더욱 아프게 했다.

문득 설영의 시선이 정미의 손으로 향했다.

"……!"

순간 그는 움찔 몸을 떨었다.

그때 등에 업혀 있는 단소예의 몸도 갓 잡은 물고기처럼 파닥이며 떨렸다. 아마 그녀도 같은 순간에 설영이 목격한 것을 발견한 것 같았다.

정미의 오른손에는 기다랗고 붉은 물체가 쥐어져 있었다. 그리고 꿈틀거리며 그녀의 손을 휘감고 있었다.

설영은 그것이 껍질을 벗겨낸 한 마리 뱀이라는 것을 한눈에 알아보았다.

피가 뚝뚝 떨어지는 껍질을 벗긴 뱀은 대가리 쪽 삼분의 일 정도가 뜯겨 나간 상태였다. 그 상태에서도 죽지 않고 피를 뚝뚝 흘리면서 꿈틀거렸다.

설영은 반사적으로 정미의 입을 쳐다보았다. 그녀의 입술과 입가에 피가 묻어 있는 것이 보였다.

그녀는 뱀을 잡아서 뜯어먹었던 것이다.

설영은 혹시나 싶어서 그녀의 왼손을 보았다. 그 손에는 통통한 쥐 한 마리가 움켜쥐어져 있었는데, 너무 꽉 쥐어 죽어버렸는지 축 늘어져 있었다.

그녀는 배가 고파서, 아니, 무엇이든 먹고 기운을 차리려고 뱀과 쥐를 잡았던 것이다.

'정미야…….'

설영의 가슴속에 더할 수 없는 비분강개(悲憤慷慨)함이 가득 차올랐다.

그는 정미를 잘 알고 있다. 언제나 꼿꼿하고 도도하며 굽힘이 없는 여자.

하지만 그녀는 설영을 위해서라면 목숨조차 초개처럼 버

릴 수 있는 여자이기도 했다.

설영은 후회로 치를 떨었다. 자신이 조금 더 서둘렀으면 정미는 뱀이나 쥐를 잡아먹지 않아도 됐고, 저렇게 붙잡히지도 않았을 것이다.

애초에 객잔에 들어가는 것이 아니었다. 먹을 것을 구하자마자 정미에게 돌아갔어야 했다.

낮이라서 들킬까 봐 위험했다는 것은 핑계에 불과했다. 검풍루를 떠나는 순간 두 사람은 이미 한 발을 지옥의 문턱에 걸쳐 놓았었지 않은가.

그가 객잔에서 단소예와 기름진 요리를 배불리 먹고, 또 뜨거운 사랑을 나누면서 잠에 취해 있는 동안, 정미는 얼마나 초조하게 그를 기다리면서 애면글면 속을 태우다가 뱀과 쥐를 잡아먹을 생각을 했겠는가.

어쩌면 그녀는 그것을 먹고 힘을 내서 설영을 찾으러 나가려고 했을지도 모른다. 아니, 아마 그런 심정이었을 것이다.

설영은 정미에 대한 미안함과 죄스러움이 가슴속에 가득 차서 심신이 극도로 굽죄어졌다.

그때, 정미를 둘러싼 인물들 중에서 한 명이 허리를 굽히며 손을 뻗더니 그녀의 턱과 관자놀이의 혈도 두 군데를 가볍게 눌렀다. 아혈을 풀어준 것이다.

"또 한 명은 어디에 있느냐?"

둘러선 인물 중에서 가운데 인물이 묵직하고 굵은 목소리로 조용히 입을 열었다. 그는 설영 쪽을 등지고 있어서 앞모습이 보이지 않았다.

그가 무리의 우두머리인 것 같았다.

정미가 눈을 치켜뜨면서 그를 올려다보다가 갑자기 큰 소리로 외치기 시작했다.

"영아! 여기 오면 안 돼! 어서 도망쳐!"

퍽!

순간 누군가 번개같이 발끝으로 정미의 턱을 걸어찼다.

그녀의 가녀린 몸뚱이는 지푸라기처럼 맥없이 허공으로 둥실 떠올랐다가 갈대숲 바닥에 내동댕이쳐졌다.

혼절하지 않은 그녀는 바닥에 엎어진 채 꿈틀거렸다. 그러면서도 양손에 쥐고 있는 뱀과 쥐를 놓치지 않았다.

그녀는 혹시 설영이 지금쯤 이 근처에 와 있을지도 모른다는 생각에 소리를 질러서 위험을 알린 것이다.

그것은 자신의 목숨을 아끼는 사람이라면 결코 취할 수 없는 행동이었다.

설영은 핏발이 곤두선 눈으로 정미를 쏘아보면서 어금니를 힘껏 악물었다.

"본가로 돌아간다."

우두머리가 나직이 명령하면서 돌아서자 고수 한 명이 정미를 어깨에 들쳐 멨다.

그때 돌아선 우두머리의 얼굴을 발견한 단소예가 눈을 약간 크게 뜨며 놀라는 표정을 지었다.

이어서 그녀는 재빨리 입술을 달싹거렸다. 전음을 보내는 것이었다.

막 신형을 날리려던 우두머리가 뚝 동작을 멈추었다.

그러더니 장승처럼 우뚝 서서 약간 고개를 숙인 채 무언가 생각하는 듯했다.

본가로 돌아간다는 우두머리의 명령에 분분히 신형을 날렸던 고수들이 우두머리가 꼼짝하지 않고 서 있자 다시 그의 근처로 모여들었다.

"가까이 모여라."

우두머리가 중얼거리듯이 말하자 고수들은 더욱 가깝게 모여들었다.

"그녀를 내려놔라."

우두머리가 명령하자 정미를 메고 있는 고수가 그녀를 바닥에 떨어뜨리듯이 내려놓았다.

"너희들……."

우두머리는 나직이 중얼거렸다. 너무 작은 목소리라서 잘 들으려고 고수들은 우두머리에게 더욱 바짝 다가들며 상체를 기울였다.

그 순간 우두머리의 양손이 번개같이 움직이며 네 명의 혈도를 제압했다.

답답한 신음성 네 마디가 흘러나왔다.

"당주! 왜 이러십니까?"

"속하들이 무슨 잘못이라도 했습니까?"

뻣뻣하게 굳은 몸의 고수들이 놀라움보다는 믿을 수 없다는 표정을 지으면서 한 마디씩 내뱉었다.

우두머리, 즉 당주는 고수들을 한 명씩 부축해서 바닥에 앉히며 혼혈을 제압해 버렸다.

처음에 혼혈을 제압하지 않은 것은 혼혈인 풍부혈(風府穴)과 후정혈(後頂穴)이 모두 뒷목과 뒤통수에 있어서 한꺼번에 네 명을 제압하기 어려웠기 때문이었다.

이윽고 혼자가 된 당주는 두리번거리지도 않고 그 자리에 우뚝 서서 나직이 입을 열었다.

"어디에 계십니까? 이제 나오셔도 됩니다."

당주는 자신에게서 오 장 거리의 갈대숲 속에서 일남일녀가 천천히 일어서는 것을 발견했다.

일남일녀를 쳐다보는 당주의 얼굴에 몇 가지 표정이 잔잔하게 떠올랐다.

반가움과 안쓰러움, 염려 등이 뒤섞인 표정이었다. 하지만 그중에서 반가움이 가장 커 보였다.

설영과 단소예는 나란히 당주를 향해 걸어갔다.

조금 전, 단소예가 당주의 얼굴을 발견한 직후에 설영도 그를 발견했었다.

두 사람의 기억 속에서 당주는 과거에 두 사람과 가장 많은 시간을 함께했던 사람이었다.

설영과 단소예는 당주의 두 걸음 앞에 멈춰 섰다.

당주가 자신들을 공격할 것이라고는 추호도 염려하지 않는 행동이었다.

당주 역시 두 팔을 늘어뜨린 채 조금도 공격할 의사가 없는 것처럼 보였다.

당주를 바라보는 설영과 단소예의 얼굴에도 반가운 표정이 가득 떠올라 있었다.

그때 갑자기 당주가 그 자리에 무릎을 꿇고 부복하며 머리를 깊숙이 조아렸다.

"속하 철염이 소가주, 소성주를 뵈옵니다."

설영과 단소예는 누가 먼저랄 것도 없이 동시에 달려나가 당주, 아니, 철염을 일으켰다.

"철 호위!"

"철숙(鐵叔)!"

이어서 두 사람은 똑같이 낮게 외치면서 철염을 와락 끌어안았다.

철염도 두 팔을 벌려 설영과 단소예를 힘껏 마주 안았다.

세 사람은 아무 말도 하지 않고 그렇게 잠시 동안 있었다.

원래 반가움이 지나치고 할 말이 너무 많으면 아무 말도 못하게 되는 법이다.

철염.

그는 단소예가 걸음마를 시작하던 때부터 그녀의 호위고수였었다.

그녀가 열두 살 때 중천군림성이 몰살당하고 반년 만에 아미파로 무공을 배우러 떠날 때까지 장장 십일 년 동안 그녀의 곁을 그림자처럼 지켜주었던 인물인 것이다.

단소예는 친오라비인 단해룡의 얼굴을 고작 한 달에 두세 번 보는 것에 불과했지만, 철염은 낮이나 밤이나 그녀 곁을 떠나지 않고 지켜주었다.

그래서 단소예에게 있어서 유모는 어머니 같고, 철염은 아버지 같은 존재였다.

다섯 살 때부터 설영과 단소예는 서로의 집을 오가면서 친오누이처럼 지냈었다.

설영이 단소예의 방에서, 그리고 단소예가 설영의 방에서 함께 잤던 적도 부지기수였다.

철염은 단소예의 개인 호위고수였지만, 그에게 있어서 설영과 단소예는 똑같은 존재였다.

설영이 철염을 마지막으로 본 것은 중천군림성이 전멸하던 그날 저녁나절이었다.

단소예가 함께 자면서 이런저런 얘기나 하자고 붙잡는 것을 미소로 거절하고 돌아섰었는데, 그것이 단소예와 철염의 마지막 모습이었다.

그 당시 철염은 삼십사 세였는데, 지금은 사십 세의 중씰한 모습으로 변했다.

세 사람은 잠시가 지나서야 포옹을 풀고 떨어졌다. 그러나 서로 잡은 손을 놓지 않았다.

"철숙."

설영이 반가운 표정을 감추지 못하고 다시 한 번 철염을 불렀다. 그는 철염을 친숙부처럼 여겼기에 언제나 철숙이라고 불렀었다.

"설영 소성주가 맞지요? 제 눈이 틀린 것이 아니지요?"

각진 얼굴에 구레나룻, 강파른 인상의 철염이 설영의 손을 두 손으로 부여잡고 열띤 얼굴로 물었다.

이 강직하고 충성스러운 사내는 설영과 단소예를 마치 자식처럼 사랑하는 마음이 아직도 변하지 않은 듯했다.

여북하면 육 년여가 지나 설영의 모습이 많이 변했는데도 한눈에 알아보겠는가.

설영은 환한 미소로 대답했다.

“그래, 나, 영이야. 철숙은 하나도 변하지 않았구나.”

“소성주께서 무고하신 것을 뵈오니 꿈만 같습니다.”

설영의 얼굴을 뚫어지게 주시하면서 말하는 철염의 뺨이 씰룩거리고 있었다. 격동을 억제하려는 것이었다.

중천군림성이 화염에 휩싸여 괴멸되던 날은 억수같이 장대비가 퍼부었었다.

그날 단소예는 커다란 괴물 같은 뱀에게 설영이 잡아먹히면서 살려달라고 절규하는 끔찍한 악몽을 꾸고 깨어나 철염과 함께 한달음에 중천군림성으로 달려갔었다.

그리고 시뻘건 불길이 천지를 뒤덮은 가운데 불타고 있는 중천군림성을 발견하고 미친 듯이 설영의 이름을 부르다가 끝내 혼절을 하고 말았었다.

그때 철염도 그 광경을 똑똑히 목격했었다. 만약 그가 울부짖는 단소예를 붙잡지 않았더라면, 필경 그녀는 불속으로 뛰어들었을 것이다.

“잠깐.”

설영은 철염의 손을 놓고 정미에게 달려갔다.

정미는 혼절하지 않았기에 설영과 단소예의 목소리를 들었고, 또 세 사람의 그리 많지 않은 대화를 모두 들었다.

그래서 자세한 내용을 알 수 없지만, 이들 세 사람이 예전부터 무척 가깝게 지낸 사이라는 것을 짐작할 수 있었다.

엎어져 있는 정미는 설영 쪽을 보려고 기를 쓰면서 눈동자를 돌리려고 했다.

그러나 허사여서 속에서 천불이 나고 있던 터에 설영이 혈도를 풀고 일으켜서 앉혀주었다.

"정미야."

설영이 정미의 앞에 앉아 두 손으로 뺨을 감싸며 나직이 부르자 그녀는 후드득 거세게 몸을 떨었다.

그녀의 두 눈에 벌써부터 샘물이 솟듯 눈물이 가득 차올랐다. 아니, 어쩌면 일으키기 전부터 눈물을 흘리고 있었는지도 몰랐다.

"이제 괜찮다."

설영이 뺨을 쓰다듬으면서 부드럽게 말하자 그녀는 그때까지도 양손에 쥐고 있던 뱀과 쥐를 집어 던지고는 설영의 품으로 안겨들었다.

두 팔로 힘껏 설영의 등을 안은 정미의 몸이 처음에는 여리게, 그러나 점점 더 거세지더니 나중에는 부들부들 격렬하게 떨렸다.

그녀는 아무 말도 하지 않고 설영의 가슴에 얼굴을 묻고 또 부비면서 몸을 떨며 오열했다.

설영 역시 아무 말도 하지 않았다. 그저 두 팔로 힘껏 그녀를 안아주고 가끔씩 등을 쓰다듬었다.

설영에게 철염이 숙부라면, 정미에게 설영은 친구이며, 연인이고, 또 유일한 가족이었다.

지금은 그리 시간적으로 여유있는 상황도 아니었지만, 단소예와 철염은 인내심을 갖고 묵묵히 설영과 정미의 해후를 기다려 주었다.

그사이에 단소예가 철염의 소매를 잡아당겨 같이 바닥에 주저앉았다.

서 있다가 강둑을 순찰하는 고수들의 눈에 띌 수도 있기 때문이었다.

이윽고 네 사람은 바닥에 둥글게 둘러앉았다.

설영은 품속에서 헝겊에 꼭꼭 싼 납작해진 보따리를 풀어 말없이 정미 앞에 펼쳐 놓았다.

거기에는 건육과 삶은 돼지고기와 오리고기, 밤, 호두, 대추, 곶감을 찧어 말려서 만든 방험병(防險餠)이 납작하게 짓눌린 채 놓여 있었다.

설영이 오리고기 한 점을 집어 정미의 손에 쥐어주었다.

정미는 이제 눈물을 흘리지 않았다. 그녀는 비 개인 하늘처럼 맑은 눈으로 설영을 한 번 바라보고는 오리고기를 입으로 가져갔다.

그리고는 손을 부지런히 놀리며 먹었다. 목이 메는지 욱욱! 거리면서도 먹는 것을 멈추지 않았다.

배가 고파서 먹는 것이 아니다. 허기라는 것은 이미 살수 수업을 하면서 극복했다.

검풍루에서 수없이 행해졌던 굶주림 인내 수련을 하면서도 허기가 극에 달하면 묘한 쾌감이 느껴진다면서 깔깔거리며 웃던 정미였었다.

그러더니 나중에는 웬만한 고통쯤은 죄다 쾌감으로 뭉뚱그려서 승화시켜 버렸었다.

정미는 지금 설영의 정성을 먹고 있는 것이다. 또한 감격을 씹고, 기쁨을 삼키면서, 그것을 소화시켜 힘을 만들어서 설영의 짐이 되지 않으려는 각오인 것이다.

"속하가 어떻게 도와드리면 되겠습니까?"

이윽고 철염이 굵은 저음을 흘려냈다. 육 년 만에 지금처럼 극적으로 만났으면 할 말이 많을 텐데도 그는 아무것도 묻지 않았다.

더구나 그는 설영과 정미가 문제의 두 살수라는 사실을 지금쯤은 알게 되었을 것이다. 그런데도 거기에 대해서는 일언반구 말을 내놓지 않았다.

오히려 자신이 어떻게 도우면 되겠느냐고 묻고 있다.

이런 상황에서 보통 사람들은 의기양양하거나 자신을 자랑스럽게 여기는 것이 보통이다.

하지만 철염은 오히려 겸손한 표정으로 설영과 단소예의

결정을 기다리고 있었다.

철염은 단소예를 쳐다보았지만 그녀는 설영의 왼쪽에 바짝 다가앉아 아리잠직한 모습으로 침묵을 지켰다. 아마도 설영이 먼저 말하기를 기다리는 것 같았다.

"철숙은 이미 큰 도움을 주었어."

설영이 조용히 입을 열었다. 철염의 도움으로 정미를 살렸으니 그보다 큰 도움이 어디 있겠는가.

"그런데……."

설영은 한쪽에 쓰러져 있는 네 명의 고수들을 쳐다보았다.

"저들 때문에 철숙이 곤란한 지경에 처하게 될 텐데 어떻게 할 거지?"

"걱정 마십시오, 소성주."

철염은 빙그레 미소까지 지으며 설영을 안심시켰다.

그러나 설영과 단소예는 그의 미소 때문에 마음이 더 무거워져야만 했다.

철염에게 아무런 대책이 없다는 것을 능히 짐작할 수 있기 때문이다.

단소예가 열두 살 겨울에 아미파에 입문한 이후 철염은 호위고수에서 정규고수로 보직이 바뀌었다. 호위할 사람이 없으니 당연한 일이었다.

그는 원래 무공이 일류고수 수준이었기 때문에 즉각 부당주로 임명되어 많은 활약을 펼쳤고, 육 년이 지난 지금은 낙성검가 여섯 개의 당 중에 제삼당인 군성당(軍星堂)의 당주가 되어 있었다.

군성당은 당주와 네 명의 향주 이하 팔십 명의 검사들로 이루어졌다.

그중에서도 이곳에 쓰러져 있는 네 명은 철염의 직속 수하들로, 달리 군성사웅(軍星四雄)이라고도 불린다.

철염은 아미파에서의 공부를 끝내고 낙성검가로 돌아온 단소예를 먼발치에서 몇 번인가 본 적은 있었지만 직접 만난 것은 지금이 처음이다.

단소예는 아미파에서 낙성검가로 돌아온 지 두어 달밖에 지나지 않았다.

아마도 조금 더 시일이 지나면 제 스스로 철염을 찾았겠지만, 아직까지는 머릿속이 어수선하고 낙성검가에 적응을 하지 못해서 물 위의 기름처럼 떠 있는 상태라 정신적으로 그럴 만한 겨를이 없었다.

"내가 저들을 죽일까?"

설영은 군성사웅을 쳐다보다가 시선을 거두고 철염을 보며 조용한 어조로 물었다.

군성사웅은 이미 살수인 정미를 보았으며, 자신들의 직속 상관인 철염에게 제압당했다.

만약 그들이 깨어나서 그 사실을 보고하면 철염이 곤경에 처할 것 같기 때문에 설영이 죽여줄 것인가를 물은 것이다.

나중에 시체가 발견되더라도 죽은 군성사웅의 몸에 살수의 자객 검흔이 새겨져 있는 것이 확인된다면, 철염에게 별 문제가 되지 않을 터이다.

설영의 말에 철염이 다시 빙그레 온화한 미소를 지었다.

"저는 수하가 죽는 것을 두 눈 빤히 뜨고 볼 만한 강심장이 못 됩니다."

예전부터 무뚝뚝하기로 소문난 철염의 미소를 볼 수 있는 사람은 설영과 단소예뿐이었고, 그것은 지금도 변함이 없는 것 같았다.

"저들은 개의치 마시고, 그냥 내버려 두고 저만 두 분을 따르겠습니다."

설영과 단소예의 안색이 크게 변했다. 철염이 그렇게 나올까 봐 걱정을 하고 있던 두 사람이었다.

만약 철염이 발 벗고 나서서 도와주기만 한다면 설영과 단소예, 정미가 낙양성을 벗어나는 것이 전혀 불가능한 일만은 아닐 것이다.

그러나 설영과 단소예는 자신들의 이득을 위해서 철염까지 도망자로 만들 수는 없었다.

중삼절이면 낙성검가는 절대세가가 되고, 그곳의 당주인

철염의 권세는 가히 하늘을 찌를 것이다. 그런데 그것마저도 포기해야만 하는 것이다.

설영은 고개를 강하게 가로저었다.

"그래서는 안 돼."

"소성주……."

정미는 여전히 꾸역꾸역 볼이 미어지게 먹으면서 시선은 설영의 옆얼굴에 못 박혀 있었다.

철염은 벌써 서너 번이나 설영을 '소성주'라고 호칭하고 있는 중이다.

그래서 정미는 계속 먹으면서 그것에 대해서 곰곰이 생각하고 있었다.

정미가 보기에 철염은 오래전부터 설영을 잘 알고 있는 사람 같았다.

그러므로 그가 설영을 '소성주'라고 부르는 것은 설영의 과거 신분일 것이다.

문득 정미는 얼마 전에 설영이 낙양성 내의 복원된 중천군림성 앞에서 한참 동안이나 서 있었고, 지나는 행인에게 중천군림성에 대해서 물어보다가 그의 잘못된 대답에 화를 냈던 일을 기억해 냈다.

그래서 정미는 혹시 설영이 과거에 중천군림성의 소성주가 아니었을까 하고 조심스럽게 추측해 보았다.

설영이 중천군림성의 소성주였든 아니든 정미에게는 그리 중요한 일이 아니었다. 설영은 그저 설영일 뿐이니까.

"철 호위, 혼인해서 가정을 꾸렸지?"

그때 단소예가 철염을 바라보면서 조용히 물었다.

"그렇습니다."

그는 단소예의 호위고수로 있을 때에는 하루 종일 그녀 곁에 그림자처럼 붙어 있어야 했으므로 가정을 가질 엄두를 내지 못했었다.

그렇지만 단소예가 아미파로 떠난 후 호위고수를 그만두고 부당주로 임명된 뒤에는 많은 여가 시간이 생겼고, 그래서 주위 사람들의 꾸준한 권고로 성내의 참한 여자를 중매로 만나 혼인을 하였다.

그 이후 아이도 둘을 낳아 지금은 한 여자의 남편이며 두 아이의 아버지가 된 몸이었다.

설영은 철염의 이마가 약간 좁혀지는 것을 놓치지 않았다. 아마도 가족을 생각하는 듯했다.

"그들은 제가 없어도 외가로 가면 될 테니 별 탈은 없을 것입니다."

철염은 자신의 뜻을 굽히지 않았다.

그렇지만 설영과 단소예는 누군가의 설명이 없어도 낙성검가가 배신한 당주를 호락호락 용서하지 않을 것이라는 사실을 능히 짐작할 수 있다.

낙성검가는 철염의 가족을 찾아내서 그들에게 죄를 물을 것이 분명했다.

그러나 설영은 철염의 각오가 대단해서 그가 결코 이대로 물러서지 않을 것이라고 생각했다.

"이렇게 하자."

잠시 생각하던 설영이 다시 입을 열었다.

"철숙은 일단 복귀했다가 날이 밝으면 집으로 가서 가족을 데리고 성을 빠져나가. 그리고 부인에게 악양 벽파장으로 찾아가서 내 얘기를 하고 그곳에서 묵으라고 일러둬. 그다음에 철숙은 다시 이곳으로 와서 우리와 함께 행동하는 거야. 어떻게 생각해?"

단소예는 철염의 얼굴이 밝아지는 것을 발견하고는, 그가 따라나서겠다고 말하기는 했으나 내심으로는 가족을 걱정하고 있었다는 것을 알 수 있었다.

철염이 자신의 직속 수하인 군성사웅을 힐끗 쳐다보자 설영이 그들 문제도 해결해 주었다.

"저들을 죽이지는 않을게. 우리가 출발하고 나서 사흘쯤 지난 후에 깨어나도록 점혈을 해두는 게 좋겠군."

철염은 고개를 숙였다.

"그렇게 해주시면 저로서는 감사할 따름입니다."

설영은 빙그레 미소 지었다.

"고마운 건 우리야."

철염은 설영과 단소예에게 다시 절을 한 후 일어나 어둠 속으로 사라졌다.

"자, 우린 저들을 동굴 속으로 옮긴 후에 철숙이 돌아올 때까지 쉬도록 하자."

설영이 앉은걸음으로 군성사웅에게 다가가면서 말했다.

第五十七章

여룡단주（驪龍壇主）

　흑룡보에는 총 사당(四堂) 십육단(十六壇)이 있고, 총인원은
오백여 명이다.

　어제 이당 휘하 사단주(四壇主)가 수하의 빚보증을 서주었
다는 정말 사사로운 일로 꼬투리가 잡혀서 전격적으로 직위
가 해임되더니, 이례적으로 하루 만인 오늘 새로운 사단주가
임명되었다.

　이런 일은 예전에는 한 번도 없었지만 요즘 세태가 하도 뒤
숭숭하여, 흑룡보 내에서는 이당 휘하 사단 사람들을 제외하
곤 그 일에 대해서 그다지 신경을 쓰지 않았다.

일개 단에는 삼 개 조(組)가 있고, 각 조는 대략 열 명 내외로 구성되었다. 그러므로 일개 단의 총인원은 삼십여 명 정도인 셈이다.

흑룡보 사람들은 새로운 이당 사단주라는 인물을 예전에는 한 번도 본 적이 없었다. 말하자면 굴러온 돌이 박혀 있던 돌을 빼내 버린 셈이다.

흑룡보 내의 모든 당과 단들이 다 그렇겠지만 특히 이당 사단은 결속력이 남달랐고, 단원들 간의 우정과 신뢰가 매우 끈끈한 편이었다.

그래서 자신들의 단주가 느닷없이 해임되고 외부에서 새로운 단주가 영입된 사실에 대해서 다들 몹시 못마땅하게 여기고 있었다.

물론 한 번 내려진 보주의 결정을 일개 단원들이 불복할 수도, 이의를 제기할 수도 없는 일이었다.

그렇다고 믿고 따르던 단주의 납득할 수 없는 해임을 그대로 두고 볼 수는 없는 일이었다.

그래서 단원들은 궁리 끝에 자신들이 취할 수 있는 방법을 선택하기로 했다.

새로운 단주에 대한 시위가 그것이었다.

흑룡보에는 스물다섯 채의 전각들이 있는데, 그중 스무 채

가 사당과 십육단의 거처다.

여룡단(驪龍壇)이라는 이름이 이당 휘하의 사단을 지칭하는 이름이며, 여룡각(驪龍閣)은 그들 단원들의 거처인 전각의 명칭이었다.

여룡이란 흑룡의 또 다른 명칭이다. '흑룡' 은 흑룡보의 보명(堡名)이라서 흑룡보 내에서는 누구도 사용할 수가 없다.

다른 십오 개 단들은 나름대로 멋진 단명(壇名)을 지어 사용하고 있지만, 자신들이 흑룡보의 골수이며 정예라는 자부심으로 똘똘 뭉쳐진 이당 사단은 흑룡의 또 다른 이름인 '여룡' 을 선택한 것이다.

그들은 충성심이 남다른 만큼 외부인에 대한 배타심(排他心) 역시 강했다.

지금 대전에는 이당 사단, 즉 여룡단 삼 개 조 삼십삼 명이 단하에 모여 있었다.

그들은 삼열종대로 질서있게 대오를 맞추어 선 채 긴장된 표정으로 단상을 주시하고 있었다.

그들의 얼굴에는 노골적인 불만이 역력하게 떠올라 있어서 장내의 분위기는 몹시 험악했다.

단상에는 한 사람이 앞쪽에 서 있고, 그 뒤에 네 사람이 호위하듯 나란히 늘어서 있었다. 하나같이 늠름하고 당당한 모습이었다.

앞쪽의 인물은 삼십대 중반쯤의 나이로 보였으며, 키가 매우 컸고 딱 벌어진 어깨에 잘록한 허리, 보통 사람보다 조금 더 긴 하체와 두 팔을 지녔고, 더할 수 없이 강인한 인상의 소유자였다.

솔직하게 말해서, 단하에 늘어서 있는 삼십삼 명의 여룡단원들은 이미 그 인물의 강렬한 인상에 웬만큼 기선이 제압된 상태였다.

그렇지만 그 인물에게서는 패도적인 기도나 좌중을 압도하는 기운 같은 것도 없었다.

그저 푸른 창공이나 망망한 대해, 유유히 흐르는 대하(大河) 같은 초탈함만이 느껴질 뿐이었다.

"나는……."

그 인물, 설무검이 이윽고 나직하게 말문을 열었다.

"무검(武劍)이라고 한다."

설무검의 성인 '설'을 빼고 자신의 이름을 소개했다.

그는 그 말을 끝으로 몸을 돌려 뒤쪽에 있는 단주의 의자에 앉았다.

거드름을 부리지도 않았고, 단원들을 깔보는 듯한 행동도 없었으며, 흐트러진 자세도 아니었다. 그는 그때부터 의자에 꼿꼿하게 앉아 침묵을 지켰다.

늘어서 있던 네 명 중에서 한 명, 양궁표가 뒤돌아서 설무검의 뒤에 우뚝 섰다.

그의 그런 행동은 오랜 세월 몸에 밴 것이었지만, 여룡단원들에게는 그가 새로운 여룡단주의 최고 심복이며 호위라는 사실을 각인시켜 주기에 부족함이 없었다.

나란히 늘어선 세 사람은 왼쪽으로부터 설무검의 육 형제(六兄弟) 중에 셋째인 단랑, 넷째 염탕, 여섯째이며 막내이나 나이가 가장 많은 오장보였다.

이윽고 오장보가 한 걸음 나서고 나서 충분한 시간을 두고 천천히 좌중을 쓸어보았다.

그는 과거에 북방 경붕현 군총교독이었을 시절에는 이백 근이 넘는 체중의 거구였으나, 지금은 그 절반인 백 근의 호리호리한 체구가 되었다.

"불만이 있는 자는 앞으로 나서라."

수천의 용맹한 군사들을 거느리고 북방의 수많은 전장을 누볐던 열하맹룡 오장보의 거두절미한 일성에 좌중이 가벼이 술렁였다.

한때는 장수들만 수십 명을 거느렸던 그는 무리를 어떻게 다스려야 하는지 잘 알고 있었다.

삼열의 선두에는 각 조의 조장들이 서 있었다. 그들이 망설임 없이 앞으로 세 걸음씩 나서자 술렁이던 수하들도 일제히 세 걸음씩 나섰다.

전원 불만이 있다는 뜻이었다. 아니, 전원은 아니다. 모두 앞으로 세 걸음씩 나섰지만 맨 뒤에 서 있던 한 사람이 굳건히 제자리를 지키며 서 있었다.

그는 전 사단주에서 해임되어 평단원이 된 등발(鄧拔)이라는 이름의 사내였다.

나이는 삼십육 세였고, 두 눈초리가 치켜 올라갔으며, 광대뼈가 불쑥 튀어나온 날카로운 인상에 다부진 체격을 지닌 인물이었다.

등발은 원래 해임이 된 직후에 모멸감을 견디지 못하고 스스로 흑룡보를 떠나려고 했었다.

자신이 진심으로 존경하고 따르던 보주로부터 버림을 받았다고 판단한 것이었다.

그런데 그의 충실한 심복인 세 명의 조장과 전체 단원들이 간곡하게 만류하며 붙잡는 터에 그들을 쉽사리 뿌리칠 수가 없어서 잠시 그대로 있지만, 마음속으로는 이미 떠날 결심을 굳힌 상태였다.

그는 누구보다도 새로운 단주에게, 아니, 보주의 결정에 불만이 많은 사람이다.

그렇지만 이미 보주의 결정이 내려졌으며, 그 자신이 떠나기로 결심했기 때문에 불만을 터뜨려 봐야 떠나는 자신의 모양새만 우스워진다는 사실을 잘 알고 있었다. 그래서 제자리에서 움직이지 않은 것이다.

오장보는 그럴 줄 알았다는 듯 표정의 변화가 없었다.

그는 살이 빠져서 깐깐한 모습으로 변한 얼굴에 날 선 표정을 지으며 입을 열었다.

"어떻게 해줄까?"

세 명의 조장과 전체 단원들은 이미 어떻게 할 것이라고 의논을 했고, 결정을 본 상태였다.

그런 상황에 상대가 먼저 어떻게 해줄까를 요구하는 데에야 망설일 이유가 없었다.

일조장이 의자에 꼿꼿하게 앉아 있는 설무검을 날카롭게 쏘아보며 대꾸했다.

"본단의 전 단주께서는 우리 세 조장의 합공을 삼십 초까지 견뎌낸 적이 있었소. 그러니 새로운 단주도 그 절차를 통과하면 단주로 인정하겠소."

굳이 구분을 하자면 흑룡보의 당주들은 일류고수들이고, 단주들은 일류와 이류의 중간, 조장은 이류, 단원들은 삼류라고 할 수 있는 수준이다.

그렇지만 이류나 삼류라고 해도 이미 무사의 수준을 넘어서 고수의 대열에 든 사람들이니 각각의 실력이 그리 형편없지는 않을 터이다.

"가당치 않다."

오장보는 일언지하에 거절했다.

세 명의 조장은 그럴 줄 알았다는 듯, 얼굴에 조소하는 듯한 미소가 설핏 떠올랐다.

오장보는 그들의 조소를 무시했다.

"나는 우리 중에서 가장 약한 실력이다. 내가 너희를 상대해 주겠다."

오장보의 뜻하지 않은 말에 세 조장은 물론 단원 전원이 해연히 놀란 표정을 지었다.

그들은 오장보의 말을 굴러온 돌이 박힌 돌에게 부리는 과도한 객기 정도로 받아들였다.

그래서 그 객기를 여지없이 분질러 놓으면 통쾌함을 맛볼 수 있으리라 여겼다.

"좋소! 어디 한번 붙어봅시다!"

거쿨진 인상의 일조장이 고개를 끄덕이고 나서 어깨를 활짝 펴며 뒤로 두어 바퀴 돌리자 뼈마디 부딪치는 소리가 우두둑거렸다.

그는 삼십 초 안에 오장보를 절단 내고 나서 기선을 제압한 다음에 설무검에게 재차 도전할 계획이었다.

세 명의 조장이 느릿하게 앞으로 걸어나가고, 단원들이 물러서며 싸울 공간을 마련해 주는 사이에 오장보가 성큼성큼 단하로 내려갔다.

"잠깐!"

그때 뒷전에 혼자 서 있던 전 단주 등발이 낮게 외쳤다.

그는 예전 수하들의 시선이 일제히 자신에게 집중되는 것을 조금도 개의치 않으면서 오장보를 보며 고집스러운 표정으로 입을 열었다.

"예전에 내가 저들 세 조장의 합공을 견딘 것은 삼십 초식이 아니라 십 초식이었소. 그러니까 당신도 십 초식만 견디면 되는 것이오."

사실 설무검 이하 오장보까지 형제들 모두는 조금 전 일조장의 말을 곧이곧대로 믿지 않았었다.

조장들의 실력이 이류라고는 하지만 그들의 합공은 일류 고수라고 해도 삼십 초식을 견뎌내기 힘겨울 텐데, 이치상으로 어찌 전 단주 등발이 삼십 초식을 견뎌냈겠는가.

염탕은 등발의 사내다운 솔직함이 마음에 들었다.

자신을 타당치 않은 이유로 해임하고 평단원이 되게 만든 장본인인 설무검에게 좋지 않은 감정이 많을 텐데도 불구하고, 아닌 것은 아니라고 말한다는 것은 그가 진짜 사내라는 좋은 증거였다.

그래서 염탕은 등발에게도 기회를 주고 싶었다.

"이봐, 막내. 자넨 물러나 있게. 이 재미있을 것 같은 드잡이질은 내가 해보도록 하지."

염탕이 상체를 흔들면서 웃음기 어린 얼굴로 말하자 오장보는 두말없이 물러났다.

사람들은 사십대 중반의 염탕이 오십대의 오장보에게 거침없이 막내라고 부르자 의외라는 표정을 지었지만 크게 이상하게 여기지는 않았다.

의리와 기개, 용맹, 괴사가 난무하는 무림에서 나이를 초월한 의형제지간은 그리 주목할 만한 일도 아니었다.

염탕은 건들거리는 걸음걸이로 단하로 내려가면서 한쪽으로 물러나 있는 등발을 가리켰다.

"어이! 자네가 전 단주인가? 나는 자네까지 포함해서 네 명과 삼십 초식을 놀아보겠네!"

그 말에 당사자인 등발은 물론 세 명의 조장과 모든 단원이 크게 놀라며 어이없는 표정을 지었다.

"객기를 부릴 셈이오?"

등발이 노골적으로 기분 나쁘다는 표정을 지으며 약간 언성을 높였다.

그러나 염탕은 개의치 않고 껄껄 웃었다.

"헛헛헛! 그런데 한 가지 조건이 있네! 만약 삼십 초 이내에 내가 자네들 네 명을 쓰러뜨리게 된다면, 자넨 내 직속 졸때기가 돼주어야겠어. 어떤가? 그럴 수 있겠나?"

졸때기라는 말에 등발은 울컥해서 두 주먹을 움켜쥔 채 성큼성큼 세 명의 조장 쪽으로 걸어오며 치뜬 눈으로 염탕을 쏘아보았다.

"쓰러뜨리지 못한다면 당신이 내 졸때기가 되는 조건이라고 하면 한번 싸워보지!"

염탕은 어깨를 흔들며 웃었다.

"핫핫핫! 배짱 한번 두둑하군! 좋아! 원래는 내가 이조장이 될 생각이었는데, 내가 지면 자넬 이조장으로 모시고 내가 자네의 졸때기가 되어주지!"

원래 솔직한 사내들끼리는 시원시원하게 통하는 법이다.

지금의 염탕에게서는 과거의 교활하고 비열한 모습을 눈곱만큼도 찾아볼 수가 없었다.

설무검을 만난 이후 그의 측근에서 육 년간 생활하는 동안 칼을 삼켜 창자를 깡그리 긁어내듯이 탄도괄장(呑刀刮腸)하여 과거의 사악한 마음과 비뚤어진 성격을 긁어내고 새사람이 된 그였다.

옛말에도 고니를 새기려다가 잘못 새기게 되더라도 최소한 집오리는 새길 수 있다[刻鵠類鶩]고 했다.

염탕은 설무검을 배우려고 무던히 애를 써서 비록 설무검처럼 되지는 못했으나 그와 비슷하게나마 닮아질 수가 있었던 것이다.

"하하하! 이처럼 재미있는 일에 나만 빠질 수야 없지!"

그때 단랑이 낭랑한 웃음을 터뜨리자 모두의 시선이 그녀에게 집중되었다.

그녀가 단하로 내려가자 염탕과 오장보가 그녀의 좌우로 물러나며 자연스럽게 호위하는 형태를 취했다.

그 역시 오랫동안 함께 생활하는 과정에서 자연스레 몸에 밴 행동이었다.

"넷째야."

"네, 셋째형님."

단랑이 여자 목소리를 굳이 감추려고 하지 않으면서 조용히 부르자 염탕이 고개를 숙이며 공손히 대답했다.

사실 예전의 단랑은 자신이 여자라는 사실을 감추려고 무진 애를 썼었다.

형제들이 모두 그녀가 여자라는 것을 아는데도 불구하고 사내인 체 행동했었던 것이다. 그러나 그동안 그녀에게도 변화가 생겼다.

각곡유목은 염탕에게만 국한된 것이 아니라 형제 모두에게 적용된 일이었다.

양궁표부터 오장보에 이르기까지 오형제 모두 크고 작은 차이는 있지만, 설무검을 많이 닮게 된 것이다.

단랑이 배운 많은 것들 중에 하나는, '있는 그대로 놓아두자'는 것이다.

그것은 창 앞에 돋은 풀은 뽑아버리지 않는다[窓前草不除].
즉, 되어 가는 대로 천지자연의 이치에 따른다는 뜻이다. 그
녀는 그녀만의 초탈을 이루어가고 있는 중이었다.

"나도 함께 놀 수 있는 방법이 없겠느냐?"

몸에 딱 붙는 경장 차림이어서 풍만한 젖가슴과 가는 허리,
팽팽한 엉덩이가 고스란히 드러난 모습에 어깨에는 삼룡검을
멘 단랑의 늘씬하고 요요작작(夭夭灼灼)한 모습은 사람들의
시선을 잡아끌기에 충분했다.

"하하하! 셋째형님께서 왜 가만히 계시나 했습니다! 이러
면 어떻겠습니까? 이들 모두와 우리 삼형제가 함께 한바탕 놀
아보는 것입니다!"

"어~ 그거 좋군! 조건은 뭐지?"

여룡단 삼십삼 명과 단랑, 염탕, 오장보 세 사람이 대결을
벌이자는 말도 안 되는 제안인데도 단랑은 무릎을 치면서 즐
거워했다.

"여룡단주의 자리를 놓고 상대를 모두 쓰러뜨릴 때까지 싸
우는 것입니다."

단랑은 고개를 끄덕이면서 희고 고운 손으로 주먹을 만들
어 뼈마디를 또닥거리면서 벌써부터 즐거워했다. 그런데 그
모습이 몹시도 귀여웠다.

"아주 좋아!"

단랑, 염탕, 오장보는 하늘같은 대형 설무검이 여룡단주가 되는 일을 놓고서 자기들 멋대로 방법을 제안하고 결정을 내리고 있었다.

그런데도 양궁표나 설무검은 개의치 않고 묵묵히 지켜보고만 있었다.

그즈음 등발과 세 명의 조장, 그리고 전체 단원들은 사태가 너무도 빠르게, 또한 이상한 방향으로 진전되고 또 결정되는 것에 놀라서 서로의 얼굴을 쳐다보며 어리둥절한 표정을 짓고 있었다.

단랑에 의해서 최종적으로 결정된 방법은 무조건적으로 등발 이하 단원들에게 유리한 것이었다.

전 단주인 등발, 세 명의 조장을 비롯한 삼십삼 명과 단랑 쪽 세 명의 싸움에서 자신들이 패할 것이라고 생각하는 단원은 한 명도 없었다.

그만큼 무모한 싸움이었다.

하지만 등발과 세 조장의 표정은 그런 단원들하고는 조금 달라 보였다.

그들 네 명은 조금쯤은 새삼스러운 시선으로 단랑과 염탕, 오장보, 그리고 설무검과 양궁표를 쳐다보았다.

설마 그럴 리는 없겠지만, 만에 하나 단랑 삼형제가 승리한다면, 그들이야말로 정말 멋진 호걸들이 아닌가라고 생각하는 중이었다.

아니, 비록 승리하지 못하더라도 그들의 기개만은 가히 높이 살 만했다.

영웅호걸이 드문 작금의 무림계에서 등발과 세 명의 조장은 이들만큼 시원시원한 인물들을 본 기억이 없었다.

"무기는 풀어놓고 싸운다!"

단랑이 모두를 쓸어보며 낮게 외쳤다. 다분히 독단적이고 명령조였지만, 아무도 이의를 달거나 기분 나쁘게 여기는 사람이 없었다.

이것은 선의의 대결이다. 무기를 사용해서 사람이 상하거나 죽는 사태가 벌어지는 일이 없도록, 순전히 몸뚱이만 갖고 싸우자는 단랑의 말에 등발과 세 명의 조장은 다시 한 번 단랑의 호탕불기(豪宕不羈)함에 적이 탄복했다.

이윽고 무기를 모두 풀어놓은 전체 삼십육 명이 두 편으로 갈라서 마주 섰다.

삼십삼 대 삼의 대결.

양쪽 모두 기세가 등등했다.

그런데 어찌 된 일인지 수적으로 훨씬 불리한 단랑 쪽의 기세가 더 높았다.

세 사람은 당장이라도 튀어나가지 못해서 안달이 난 준마처럼 어깨를 들썩이며 미소를 짓고 있었다.

"어이~! 전 단주, 자네가 신호해라."

단랑이 상대편 선두 한복판에 우뚝 서 있는 등발에게 한쪽 눈을 찡긋해 보였다.

순간 등발은 자신도 모르게 등줄기에 소름이 쫙 끼쳤다.

세 명의 조장이 어서 신호하라는 듯 조바심을 내면서 등발을 쳐다보았다.

그렇지만 등발은 등줄기에 돋은 소름이 가시기를 기다리느라 잠시 주춤거렸다.

뒤늦게 조장들의 따가운 시선을 느낀 등발은 번쩍 정신을 차리고—사실은 화들짝 놀란 것이다—한쪽 팔을 쳐들며 쩌렁하게 외쳤다.

"모조리 죽여 버려라!"

더구나 선의의 대결이건만, 모조리 죽이라고 싸움의 신호를 외쳐 버리는 실수를 저질렀다.

'이, 이런! 어처구니없는…….'

그가 스스로를 책망하고 있을 때, 어찌 됐든 쌍방 간의 물러설 수 없는 싸움이 시작됐다.

그런데 저돌적으로 파도처럼 쏟아져 나가던 여룡단 삼십삼 명이 일제히 주춤했다.

그들이 두어 걸음을 막 떼어놓았나 싶은 순간에 단랑과 염탕, 오장보는 어느새 그들을 삼등분한 세 군데를 꿰뚫고 있었던 것이다.

퍼퍼퍼퍼퍽!!

"아흑!"

"크억!"

"캐액!"

달려나가던 삼십삼 명은 일순 주춤했고, 그들의 한복판에서 가죽 북을 마구 두드리는 소리와 답답한 신음성이 연이어 터져 나왔다.

단랑과 염탕, 오장보는 북두신공으로 단련된 공력에 설무검이 직접 사사한 희대의 권각비공(拳脚秘功)인 겁풍작뢰권(劫風炸雷拳)으로 무장되어 있다.

세상이 끝날 때 몰아친다는 겁풍의 권법과 폭발하는 우레 작뢰 각술이 조화를 이룬 최강의 권각비공이다.

단랑과 염탕, 오장보에게서 파도처럼 쏟아져 나오는 겁풍작뢰권은 삼십삼 명이 품고 있는 세상과 희망을 완전히 작살 내고 있었다.

단랑과 염탕, 오장보가 제아무리 뛰어나다고 해도 등발과 세 조장을 비롯한 삼십삼 명에게 한 대도 얻어맞지 않고 있다는 사실은 실로 불가해한 일이었다.

그러나 단랑 등 세 사람은 무림사에 다시없을 절세의 경공인 구궁표류연을 익혔다.

만약 이들 세 사람이 구궁표류연을 익히지 않았다면 이 싸움은 정말 피가 튀는 혈투가 됐을 테고, 아마도 승부를 점칠 수 없었을 것이다.

등발은 간단없는 둔탁한 음향과 수하들의 처량한 비명 소리를 들으면서 얼굴이 점차 놀라움으로 물들어가다가 힐끗 설무검을 쳐다보았다.

다음 순간 그의 얼굴이 정말 보기 싫게 일그러졌다.

설무검은 싸움을 아예 쳐다보지도 않은 상태에서 양궁표가 하는 얘기에 귀를 기울인 채 가볍게 고개를 끄덕이고 있지 않은가.

가만히 앉아서 좌관성패(坐觀成敗)하는 것으로도 모자라서 아예 싸움에는 관심조차 없는 모습인 것이다.

'이런 치욕스러운……'

등발은 온몸을 부르르 떨다가 가장 가까운 곳에서 수하들을 마음껏 두들겨 패고 있는 염탕을 향해 득달같이 달려들며 우렁차게 외쳤다.

"귀하는 내가 상대하겠소!"

"오! 자넨가?"

염탕은 모처럼 찾아오는 사위를 맞이하는 장인의 반가운 표정으로 등발을 향해 돌아섰다.

"넷째! 그 녀석은 내게 양보해라!"

그때 옆에서 단랑이 바람처럼 쏘아오며 낭랑히 외쳤다.

"핫핫핫! 셋째형님! 이번만은 소제에게 양보하십쇼!"

염탕은 지지 않고 오히려 등발에게 바짝 다가들며 주먹부터 날리면서 껄껄 웃었다.

"넷째! 날 거역하는 것이냐?"

쉬익!

단랑의 발끝이 자신의 옆구리를 향해 매의 부리처럼 파고들자 염탕은 감히 방심하지 못하고 급급히 몸을 틀며 단랑을 맞이해 나갔다.

"양보해라!"

"못합니다!"

"죽을래?"

"차라리 죽이십시오!"

"왜 양보 못하는 것이냐?"

"저놈이 마음에 들었습니다! 그래서 소제의 졸때기로 삼을 것입니다!"

"나도 저놈이 마음에 들었다! 내 졸때기다!"

단랑과 염탕은 티격태격 말다툼을 하면서 순식간에 십여 초를 겨루었다.

그런 광경을 보고 있는 등발은 차라리 혀를 깨물고 자결하고 싶은 처참한 심정이었다.

무려 삼십이 명의 수하를 거느리고 호령하던 단주가 지금은 저잣거리 좌판에 놓여 있는 한물간 생선 신세가 돼버린 것 같아서였다.

"요놈! 넌 내 거다!"

뿌악!

"끄악!"

그 순간 난데없이 오장보가 나타나 발끝으로 등발의 턱을 짧고 강하게 올려 찼다.

등발은 허공으로 이 장이나 붕 떠올랐다가 추락하면서 혀를 깨물듯 비통하게 중얼거렸다.

"비, 빌어먹을… 결국 졸때기가 되는군……."

등발을 비롯한 여룡단원 삼십삼 명은 하나같이 바닥에 길게 누웠거나 퍼질러 앉아 있는 광경이었다.

그들 모두 눈두덩이 시퍼렇고 얼굴이 부숭했으며, 온몸이 성한 데가 없는 모습이었다.

하지만 팔다리와 뼈가 부러지거나 치명적인 중상을 입은 사람은 한 명도 없었다.

단랑 등은 치명적이지 않으면서도 맞으면 무지하게 아픈 곳만 골라서 때린 것이다.

그때 단랑이 여룡단원들의 앞쪽으로 걸어가 모두를 마주

하고 우뚝 섰다.

"아직도 불만이 남았느냐?"

모두들 시무룩한 표정으로 아무도 입을 여는 사람이 없었
다.

단랑은 냉소를 쳤다.

"흥! 사내자식들이 좀 두들겨 맞았다고 삐쳐 있다니 너무
데데하구나!"

그 말에 단원들의 얼굴에 핏대가 서리더니 여기저기에서
한두 명씩 기를 쓰고 일어나기 시작했다.

턱이 퉁퉁 부은 등발이 앞으로 나서 단랑 앞에 우뚝 서더니
입속으로 우물거리듯이 겨우 말했다.

"졌소."

"너, 내 졸때기 될래?"

끝까지 등발에 대한 사욕을 버리지 못한 단랑이 동문서답
을 하는 바람에 모처럼 자존심을 굽혔던 등발의 얼굴이 시뻘
겋게 물들고 목에 핏대가 섰다.

"다른 방법은 없소?"

등발이 어금니를 악물고 기를 쓰며 물었다.

"우리 셋 중 한 사람의 졸때기가 되든지, 아니면 흑룡보를
나가면 된다."

이쯤 되면 누구나 미련없이, 아니, 뒤도 돌아보지 않고 흑

룡보를 떠날 터이다.

그런데도 등발은 떠날 생각 같은 것은 하지 않았다. 바로 그런 점이 단랑과 염탕, 오장보가 마음에 들어 하는 그의 사내다움이었다.

싸우기 전에 등발과 세 명의 조장, 그리고 단원들 중에서도 많은 사람들이 승패를 떠나서 단랑 등의 행동이 호걸답다고 적이 감탄을 했었다.

그런데 막상 자신들이 일패도지(一敗塗地)하고 나니 온몸이 아프고 쑤시는 중에도 단랑 등에 대해서 감탄을 금할 길이 없었다.

한마디로 말해서 등발은 이처럼 멋진 사람들의 수하가 되는 일이라고 한다면, 조금쯤은 창피해도 견딜 수 있을 것이라는 생각이 들었다.

"나더러 고르라는 것이오?"

"그래."

단랑은 이때다 싶어서 냉큼 대답했다.

오장보는 담담히 미소를 지으며 이견을 달지 않았고, 자신에게도 기회가 생긴 염탕은 잘 지어지지 않는 미소를 띠며 등발에게 추파를 보내느라 여념이 없었다.

그런데 등발은 생각할 것도 없다는 듯 곧장 오장보에게 걸어가 그 앞에 섰다.

“이 사람이오.”

어차피 졸때기가 되어야 한다면, 그나마 나이가 가장 들어 보이는 오장보가 낫지 않겠는가 생각한 것이다.

오장보는 빙그레 미소 지으며 단랑을 쳐다보았다.

“셋째형님, 이 일을 어쩝니까?”

단랑은 해맑게 웃었다.

“아하하! 어쩌긴? 강과 바다는 개울물을 마다하지 않는 법[河海不擇細流]이야.”

말인즉, 군자는 소인을 거두는 일이나 소인의 말 혹은 행동을 개의치 않고 모두 수렴한다는 뜻이다.

그렇지만 지금 이 상황에서 누가 군자고 누가 소인인지 금방 판단이 서지 않는 오장보였다.

더구나 그는 단랑의 웃음이 영 찜찜했다.

여룡단이 새로 태어났다.

단주 설무검, 일조장 단랑, 이조장 염탕, 삼조장 오장보, 삼조 부조장 등발.

흑룡보에는 원래 부조장이란 지위가 없는데 등발 때문에 여룡단에서 최초로 만들었다.

아무도 불만이 없었고 이의를 제기하지 않았다.

전 단주인 등발과 전 일, 이, 삼조장이 깨끗하게 승복을 하

고 오히려 영웅호걸을 새로운 상급자로 모시게 됐다고 은근
히 기뻐하는 분위기라서 다른 단원들은 불만이 있다고 해도
입도 벙긋하지 못하는 상황이었다.

第五十八章
준동(蠢動)

　흑룡보주의 거처인 흑룡각(黑龍閣)으로 설무검 일행이 들어서고 있었다.

　그들은 모두 흑룡보 수하의 복장을 입은 모습이다.

　단주인 설무검은 황의 경장에 폭이 한 뼘쯤 되는 챙이 달린 황색 모자를 썼다.

　양궁표는 일반 단원의 복장인 청의 경장에 폭 좁은 챙이 달린 모자를, 단랑과 염탕, 오장보는 조장의 복장인 갈의 경장에 단주의 모자보다는 폭이 좁고, 단원보다는 챙이 넓은 조장의 모자를 썼다.

공통점이 있다면, 그들 모두의 옷과 모자의 챙에 비상하는 흑룡이 수놓아져 있다는 것이다.

설무검 일행은 대전을 가로질러 흑룡보주 흑룡뇌신창 주영걸의 집무실이 있는 이층으로 향하는 계단을 올라갔다.

그런데 그들의 맨 뒤에는 전 단주, 아니, 조금 전에 여룡단 삼조 부조장으로 임명된 등발이 쫄레쫄레 따르고 있었다.

말직이기는 하지만 부조장도 간부이니 보주에게 부임 인사를 드려야겠다고 굳이 따라나서는 것을 따라오지 말라고 주저앉힐 명분이 없었다.

그러나 사실 등발의 내심은 달리 있었다. 그는 단주 지위에서 해임됐을 때 흑룡보를 떠나야겠다고 굳게 결심하고 자신의 직속 상급자인 이당주에게 보고했었다.

그 사실은 당연히 보주인 주영걸에게까지 보고가 올라갔을 것이다.

그래서 등발은 자신이 직접 주영걸을 찾아뵙고 흑룡보에 남겠다고 말하고 싶은 것이었다.

그렇지만 잠시 후 그 누구도 예상하지 못했던 일이 벌어지고 말았다.

호위고수가 열어주는 문을 통하여 설무검과 양궁표 등이 방주의 집무실로 들어서는 것을 저만치 의자에 마주 앉아 있던 주영걸, 주영풍 형제가 발견하고는 자리에서 벌떡 일어나

바람처럼 달려왔다.

"주군! 어서 오십시오! 그렇지 않아도 아까부터 속하들이 기다리고 있었습니다!"

그러더니 설무검 앞에 한쪽 무릎을 꿇고 고개를 숙이는 군신지례를 취하며 오매불망 기다렸다는 듯한 목소리로 외쳐버린 것이다.

맨 뒤에서 따라 들어오던 등발이 그 광경을 발견하고 그 자리에 얼어붙은 것은 당연지사.

그는 만면에 경악지색을 떠올린 채 자신이 지금 꿈을 꾸고 있는 것이 아닌가 눈을 껌뻑거렸다.

"어서 일어나십시오, 두 분."

적이 당황한 양궁표가 즉시 앞으로 나서 주영걸과 주영풍을 부축해서 일으켰지만, 이미 등발에게 보이지 말아야 할 장면을 보인 후였다.

주영걸 형제는 아직도 자신들이 무슨 실수를 저질렀는지 깨닫지 못한 상태였다.

설무검은 자신들이 들어서면 주영걸 형제가 뒤따르고 있는 등발을 발견하고는 알아서 적절하게 대처를 할 것이라고 여겼었다.

그런데 설무검을 필두로 한 사람씩 줄줄이 실내로 들어서게 되고, 맨 뒤를 따르던 등발이 보이지 않은 상태에서 설무

검을 발견한 주영걸 형제가 다짜고짜 달려와 예를 갖출 줄은
예상하지 못했던 것이다.

그때 노련한 오장보가 옆으로 비켜서면서 등발을 가리키
며 설명을 했다.

"보주, 이당 휘하 여룡단의 전 단주 등발이 인사를 드리러
왔습니다."

"아!"

그제야 등발을 발견한 주영걸 형제는 낮은 탄성을 터뜨리
며 얼굴에 당황함이 떠올랐다.

"네가… 왔구나……."

하지만 그때까지도 등발은 충격에서 헤어나지 못한 상태
였다.

그는 우두커니 서서 멀뚱하게 주영걸을 쳐다볼 뿐 대답을
하지 못했다.

"등발은 흑룡보를 떠나지 않기로 했고, 여룡단 삼조장인
제 직속 수하, 즉 부조장을 맡기로 했습니다."

오장보가 설명을 하는 동안 주영걸 형제와 등발은 거의 동
시에 정신을 차렸다.

"알았다. 너는 그만 나가보거라."

주영걸은 가볍게 눈살을 찌푸리면서 등발에게 부리나케
손을 내저었다.

등발은 어정쩡하게 허리를 굽힌 후 쫓기듯이 방을 나왔다.

그는 거처인 여룡각으로 돌아가는 내내 고개를 갸웃거리며 깊은 생각에 골몰했다.

"죄송합니다. 용서하십시오, 주군."

주영걸은 설무검에게 연신 굽실거리며 어쩔 줄을 몰라 했다.

그는 설무검의 주문에 따라 '천주'라는 호칭 대신 '주군'이라 부르기로 했다.

"등발은 어떤 자인가?"

태사의에 앉은 설무검이 나직이 묻자 전면에 설무검을 마주하고 시립한 주영걸이 즉시 공손히 대답했다.

"투귀도(鬪鬼刀)라는 별호가 말해주듯이 난투(亂鬪)에 능하고, 오직 무공 수련과 직무밖에 모르는 사내입니다. 여북하면 혼인도 하지 않았겠습니까?"

"난투에 능하다는 말은 틀린 것 같은데요? 우리하고 몇 수 놀아봤는데, 한 방에 나가떨어지더군요."

단랑이 짐짓 미소를 지으면서 헤살을 놓았다.

주영걸은 머쓱한 표정을 지었다.

"귀인들과는 비교할 수가 없지요. 한낱 이류 수준의 고수일 뿐입니다."

그는 설무검의 형제들을 '귀인'이라 부르며 각듯하게 대했다.

"등발은 소제가 해결하겠습니다."

오장보가 공손히 말하며 설무검에게 고개를 숙였다.

설무검이 가볍게 고개를 끄덕이며 허락하자 오장보는 즉시 방을 나갔다.

"주군, 괜찮겠습니까?"

주영걸이 설무검에게 조심스럽게 물었다. 설무검이 흑룡보의 일개 단주가 된 것을 말하는 것이었다.

설무검은 가볍게 고개를 끄덕였다.

"내가 원한 일이니 자넨 죄스러워할 것 없네."

"알겠습니다."

대답은 그렇게 했지만, 하늘같은 신분의 설무검을 자신의 휘하에 두었다는 사실 때문에 주영걸 형제의 마음은 썩 편하지 않았다.

설무검이 여룡단주가 된 데에는 그럴 만한 이유가 있었다.

낙양, 아니, 중천무림 내에서 안전하게 활동하기 위한 신분이 필요했기 때문이다.

금호방주를 죽인 살수들을 찾아내려고 중천무림의 거의 모든 고수와 무사들이 동원되어 낙양성 내를 샅샅이 뒤지고 있는 판국이라서 설무검 일행이 묵고 있는 동방객잔은 그리 안전한 장소가 되지 못하고 있는 형편이었다.

장소가 문제가 아니라 설무검 일행에게 일정한 신분이 없다는 사실이 문제였다.

제대로 된 신분만 지니고 있다면 중천무림 내에서 어디를 활보하고, 어느 곳에서 묵든 하등의 문제될 일이 없었다.

딱히 중천무림 전체가 두 명의 살수를 찾아내는 일이 아니더라도, 설무검 일행은 앞으로의 활동을 위해서라도 반드시 확실한 신분이 필요했다.

그렇지만 흑룡보 내에서의 너무 높은 신분은 남의 눈에 쉽게 띄게 될 것이다.

그러나 하급은 행동에 제한이 따른다. 그래서 선택된 지위가 높지도 낮지도 않은 지위인 단주였던 것이다.

흑룡보주인 주영걸과 총당주인 주영풍이 다른 방, 문파를 방문할 시에 설무검 일행은 단주와 조장이라는 신분으로 그들을 호위할 수도 있다.

그렇게 되면 주영걸 형제가 가는 곳엔 설무검 일행도 어디든 갈 수 있게 되는 것이다.

"어떻든가?"

설무검이 주영걸에게 조용히 물었다.

"낙성검가를 감시하는 일은 아우에게 맡겼는데, 마침 그 일을 보고받던 중이었습니다."

설무검은 낙양으로 오기 전에 양궁표와 단랑을 먼저 보내면서 두 가지 일을 명령했었다.

첫 번째가 금호방주에게 설무검의 친서를 전달하는 것이었고, 두 번째가 설란궁을 감시하는 것과 아울러 중천무림의 전체적인 동향을 알아보는 것이었다.

그러나 첫 번째 명령은 금호방주가 살수에게 암살당하는 바람에 무산되고 말았다.

두 번째 명령도 양궁표와 단랑이 완벽하게 수행하기에는 많은 제약과 무리가 따랐다.

단지 객려(客旅:나그네)의 신분인 두 사람으로서는 그저 소문을 모아서 분석하는 정도에 그칠 따름이었다.

물론 그런 것을 염두에 둔 설무검은 두 사람이 많은 사실을 알아내기를 바라지는 않았다.

자신이 도착한 후에 이것저것 소문을 취합하는 번거로움과 시간을 덜자는 의미였을 뿐이다.

어쨌든 설무검은 주영걸 형제를 만난 후 새로운 많은 사실들을 알게 되었다.

설무검이 육 년여 전에 가장 믿었던 최측근 다섯 명에게 배신을 당하여 변방을 떠돌다가 다시 중천무림에 돌아온 후 최초로 만난 사람이 주영걸 형제였다.

직접 만나서 대화를 해보기 전까지는 설무검은 그들 형제를 믿을 수가 없었다.

그들 형제의 올곧은 성격이나 깊은 충성심이야 예전부터 잘 알고 있는 터이다.

하지만 철석같이 믿었던 최측근 다섯 명에게 배신을 당한 그라서 이후부터는 누군가를 쉽사리 믿는다는 사실이 그리 녹록하지가 않았다.

그러나 직접 만나고 보니 주영걸 형제는 중천오세의 지존들이 갖고 있지 않았던 것을 갖고 있다는 사실을 새삼 깨닫게 되었다.

그것은 가없는 충성, 즉 맹종(盲從)이었다.

중천오세의 지존들은 중천무림 내에서 일인지하만인지상의 무소불위 권력을 휘두르는 과정에서 절대자인 설무검에 대한 충성심이 점차 희박해져 끝내 반란을 일으켰다.

그것은 인지상정(人之常情)이다. 포난생음욕(飽暖生淫欲)이라고 했다. 즉, 사람이란 배가 부르고 등이 따뜻해지면 음탕한 생각이 나기 마련이라는 뜻이다.

막강한 권력을 휘두르면서 또 세력이 비대해지고, 절대자와 너무 가까이 지내다 보니까 절대자에 대한 존경심과 충성심이 희박해져 버린 것이었다.

그렇다고 중천무림의 모든 수하들이 그렇다는 것은 아니다. 중천오세가 그렇게 된 데에는 절대자였던 설무검의 잘못이 가장 크다.

만약 채찍과 당근을 적절하게 병행했더라면 그런 배신을 미연에 방지할 수 있었을 것이다.

그런데 그러지 못한 것이 설무검의 잘못 혹은 태만이라고 할 수 있었다.

옛 성현의 말에 '지혜가 있어야 큰일을 도모할 수 있고[知足以造謀], 재능이 있어야 일을 이룰 수 있으며[知足以立事], 충성심이 있어야 윗사람을 섬길 수 있고[忠足以勤上], 혜택을 베풀어야 아랫사람을 거느릴 수 있다[惠足以存下]라고 했거늘, 설무검은 그것을 익히 알고 있으면서도 적절하게 치세(治世)에 실천하지 못했던 것이다.

중천십이지파는 중천오세의 바로 아래 급이다. 그들 열두 개 방, 문파들은 절대자의 무관심과 중천오세의 극심한 견제로 인해서 충성심이 희박해질 수 있는 가능성이 중천오세보다 더 높았다.

그렇지만 중천십이지파 중에서 다섯 세력, 즉 중천오충은 육 년여가 지난 지금까지도 설무검에 대한 충성심을 버리지 않고 있으니, 설무검은 그들에게 미안한 마음이 드는 것이 사실이었다.

"낙성검가가 옥룡살귀에 대한 체포령을 전격적으로 철회했다는 소식입니다."

주영걸의 뒤쪽에 서 있던 주영풍이 앞으로 나서며 공손히 설명을 시작했다.

설무검과 형제들은 그동안 중천무림 내에서의 여러 소문들을 수집, 분석했으므로 금호방주를 죽인 살수를 옥룡살귀라고 부른다는 사실을 알고 있었다.

설무검은 원래 보고를 듣는 동안에는 묻거나 보고자의 말을 자르는 경우가 거의 없다.

"체포령 철회라는 명령에 따라서 우리 중천오충을 제외한 중천무림의 모든 방, 문파의 고수, 무사들이 자파로 복귀한 사실을 확인했습니다."

양궁표는 설무검의 뒤에 철탑처럼 우뚝 섰고, 단랑과 염탕은 설무검의 전면 좌우에 서서 묵묵히 주영풍의 보고를 듣고 있었다.

그들은 설무검에 대한 중천오세의 배신에 대해서 누구보다도 분개하고 있었으므로, 중천무림이 어떻게 돌아가는지에 대해서 속속들이 알아야 제대로 복수를 할 수 있다고 생각한 것이다.

"단해룡이 책사를 한 명 거두었다고 합니다. 그자에 대한 신임이 대단한 듯, 이번 옥룡살귀에 대한 체포령 철회는 책사의 건의였다고 합니다."

주영풍은 죄송스러운 표정을 지었다.

"책사는 장도명이라는 자인데, 그자가 어떤 인물이며, 또

한 무슨 속셈으로 체포령을 철회했는지에 대해서는 알아내지 못했습니다.”

설무검은 가볍게 고개를 끄덕여서 괜찮다는 뜻을 내비쳤다.

주영풍의 보고는 계속됐다.

“낙성검가 소가주인 단소예에 대한 것입니다.”

이것은 설무검이 특히 잘 알아보라고 주영걸에게 지시했던 사항이었다.

설무검은 양궁표가 형제들을 데리고 가서 위기에 빠진 옥룡살귀를 도와주었다는 보고를 나중에야 들었다.

양궁표가 설무검 자신의 충복 중 한 명인 금호방주를 암살한 옥룡살귀를 도운 일은 어떻게 보면 이적 행위일 수도 있었지만, 설무검은 그를 나무라지 않았다.

어차피 일개 살수는 누가 무엇 때문에 금호방주를 죽이라고 청부했는지 알지 못하기 때문에 그를 잡아서 문초를 해봐야 소용이 없다.

또한 살수를 잡아 죽인다고 해서 금호방주에 대한 복수를 대신해 주는 것이라고는 생각하지 않았다. 진짜 복수는 청부자를 죽이는 것이기 때문이다.

그리고 설무검에게는 청부자가 누군지 알아낼 방법이 따로 있었다. 그러니 굳이 애써서 옥룡살귀를 잡을 필요가 무에 있겠는가.

그보다는 양궁표가 옥룡살귀에게서 묘한 인간애(人間愛) 같은 것을 느끼고 있는 것 같아서 그의 행동을 나무라지 않은 것이었다.

일전에 양궁표는 옥룡살귀와 한 차례 싸워서 죽을 위기에 처했다가 그의 자비로 목숨을 건진 일이 있었다.

양궁표는 그 일을 수치스럽다거나 은혜로 여기지는 않는 대신 옥룡살귀에게서 묘한 인간적인 체취 같은 것을 느끼고 있는 듯했다.

어쨌든, 양궁표의 보고를 받을 때 설무검은 한 명의 소녀가 옥룡살귀와 함께 행동하고 있었다는 말을 들었다.

그런데 나중에 그 소녀가 낙성검가의 소가주 단소예였다는 소문을 듣고는 이상한 생각이 들어 주영걸에게 그녀에 대해서 알아보라고 지시했던 것이다.

"옥룡살귀는 원래 낙성검가의 책사인 장도명이라는 자가 제압해서 단해룡에게 바쳤다고 합니다."

설무검은 며칠 전에 자신이 직접 양궁표 등을 이끌고 낙영루로 찾아가서 살수 중 한 명인 정미를 구한 적이 있었다.

그때 그곳 호위무사의 우두머리인 장강수로채 채주라는 자를 제압, 분근착골의 수법을 가해서 몇 가지 사실을 알아낸 적이 있었다.

　그것은 '혈월단 수하인 낙화귀라는 자가 금호방주를 죽인 두 명의 살수, 즉 소영과 정미라는 두 소녀를 제압한 뒤 그중에 소영을 이른 아침에 마차에 태우고, 또 한 사람을 모시고 직접 마차를 몰아 낙성검가로 갔다' 는 사실이었다.

　그래서 방금 전에 주영풍이 단해룡의 책사 장도명이라는 자가 옥룡살귀를 단해룡에게 바쳤다고 말했을 때, 그날 아침에 낙화귀가 마차에 모시고 간 자가 장도명일 것이고, 이름이 소영이고 별호가 옥룡살귀인 살수를 낙성검가에 바침으로써 단해룡의 책사가 될 수 있는 길을 열었을 것이라고 추측하게 되었다.

　"그런데 뇌옥에 갇혀 있는 옥룡살귀를 단소예가 구출해서 도주했다는 것입니다. 그리고 그 이후 두 사람은 줄곧 함께 행동하고 있는 것으로 추정하고 있습니다."

　그 보고를 들으면서 설무검은 깊은 생각에 잠겨들었다.

　그의 상념이 반 각 정도 길어지는 동안 주영풍은 보고를 잠시 멈추었다.

　이윽고 설무검이 고개를 들고 자신을 쳐다보자 주영풍이 다시 보고를 시작했다.

　"단해룡의 책사 장도명이 낙성검가의 대검로와 낙성신검대 신검사 열 명을 이끌고 어디론가 길을 떠났습니다."

　주영풍은 설무검이 낙성신검대를 모르고 있을 것이라고

여겨 설명을 덧붙였다.

"낙성검가에서 오 년 전부터 비밀리에 육성하고 있는 최강 정예가 낙성신검대입니다. 총 백 명으로 이루어졌으며, 일설에 의하면 낙성신검대의 열 명이 단해룡과 겨루면 팽팽하다고 합니다."

그는 잠시 사이를 두었다가 말을 이었다.

"낙성신검대가 생긴 것이 최초였고, 그다음에는 진천방과 혼천도문, 사해부가 잇달아 낙성신검대 같은 비밀스러운 정예 고수들의 조직을 발족, 육성시켰습니다. 객관적인 평가로는 낙성신검대가 제일 막강하고, 다른 네 조직들은 비슷한 전력이라고 합니다."

주영풍은 보고를 마치고 하회를 기다리듯 공손히 시립했지만 설무검은 침묵을 지키고 있었다.

주영걸은 주영풍을 힐끗 쳐다보고 나서 그가 깜빡 잊고 보고하지 않은 부분을 대신 설명했다.

"낙성검가를 출발한 장도명과 대검로, 열 명의 신검사들에게 확실한 미행을 붙여두었으니 머지않아서 그들의 행로와 목적이 밝혀질 것입니다."

설무검은 주영걸의 보고를 듣지 못한 듯한 모습으로 한 가지 생각에 골몰해 있었다. 살수 옥룡살귀에 대해서였다.

낙양성 한복판에서 낙성검사들에 대항하여 옥룡살귀와 함

께 싸우던 소녀가 단소예라는 사실을 알게 된 직후 자신의 친동생 설영을 반사적으로 떠올렸던 설무검이다.

단소예와 설영의 관계는 '절친한 친구 사이' 라는 말 정도로는 설명이 부족했다.

그들을 알고 있는 사람들은 누구나 '단소예가 설영이고, 설영이 단소예다' 라고 말하기를 주저하지 않을 것이다. 즉, 두 사람은 일심동체라는 것이다.

그러므로 설무검이 단소예라는 말을 듣고 동생 설영을 반사적으로 떠올린 것이 크게 무리는 아니었다.

그런데 그 단소예가 살수 옥룡살귀를 구출했으며, 지금도 함께 행동하고 있을 것이라는 보고를 조금 전에 들었다.

그러므로 단소예가 무엇 때문에 금호방주를 죽인 살수를 구출했을까? 라는 것은 당연한 의문이다.

그것은 그녀의 가문인 낙성검가에 대한 명백한 배신 행위다. 더구나 그녀는 살수와 함께 낙성검가에 대항하여 싸우기도 했을 뿐만 아니라 지금 현재도 살수와 행동을 같이하고 있다는 것이다.

'설마 옥룡살귀가 설영이라는 말인가?'

설무검은 조심스럽게 추측해 보았다. 충분히 설득력이 있는 추측이었으며, 그런 추측이 가능한 이유는 순전히 단소예의 돌발적인 행동 때문이었다.

중천군림성이 멸망한 후에 설영을 잃은 슬픔으로 인해서 반 년 남짓 병석에 누워 있었던 단소예가 단해룡에 의해서 거의 강제로 아미파 장문인의 제자가 되어 낙성검가를 떠났다가 돌아온 지 이제 두어 달 남짓 되었다는 사실을 조사를 통해서 이미 알고 있는 설무검이었다.

어릴 적부터 설영과 일심동체라는 말까지 들었을 정도로 단소예는 설영에게 헌신적이었다. 설영이 죽었을 것이라는 생각 때문에 병까지 얻어 앓아누웠다가 아미파로 쫓겨 가야만 했던 그녀가 아니던가?

그런 그녀가 낙성검가를 배신하면서까지 옥룡살귀를 구했다는 사실은, 혹시 옥룡살귀가 설영이었기 때문이 아니었을까? 라는 의구심을 품게 하기에 충분한 것이었다.

그렇지만 설무검은 거기에서 벽에 부딪치고 말았다.

또 한 명의 살수인 정미는 옥룡살귀가 자신의 친구이며, 여자라고 말했었다.

같은 살수이고 동료라면 오랜 세월 동안 한솥밥을 먹고 지내면서 몹시 친밀한 관계를 유지해 왔을 것이다.

그러므로 정미가 자신의 동료인 옥룡살귀의 성별을 잘못 알고 있을 가능성은 거의 없다.

생각이 거기까지 미친 설무검은 고개를 들고 맞은편 벽을 물끄러미 바라보았다.

중천무림의 절대자라는 권좌에서 쫓겨나 죽은 시신이나 다름이 없는 상태에서 기적적으로 깨어났을 때, 그가 가장 먼저 느낀 것은 배신자들에 대한 분노였다.

그리고 어이없게도 며칠이 지나서야 어린 아우 설영이 생각났었다. 그만큼 분노가 깊고 커서 그의 생각을 마비시켜 버렸던 것이다.

이후 육 년여의 세월이 흐르는 동안, 그의 생각은 점차 바뀌어갔다.

자신의 하나뿐인 일점혈육 설영에 대한 그리움과 후회가 골수에 사무치게 된 것이었다.

정복과 살육, 군림으로 점철되었던 과거 그의 인생에서 아우 설영은 어디에도 없었다.

철저하게 방치되었던 설영은 유모와 글선생들의 손에 맡겨진 채 같은 처지에 놓여 있었던 단소예와 외로움을 달래다가 원수들의 손에 의해 처참하게 죽어간 것이다.

'영아……'

설무검의 가슴을 치받고 솟구치는 것은 아우에 대한 끝없는 죄책감과 그리움이었다.

죄책감과 그리움이 큰 만큼 배신자들에 대한 증오와 분노도 크고 깊어졌다.

아우는 이미 육 년 전에 죽었다. 살아 있을 리가 없다.

그렇게 단정한 설무검은 시선을 거두어 주영걸 형제를 쳐다보았다.

"우읏!"

순간 주영걸 형제는 급히 설무검의 시선을 피하면서 움찔 몸을 떨어야만 했다.

설영을 생각하는 동안 분노로 이글거리던 설무검의 뇌전 같은 눈빛이 미처 갈무리되지 않은 상태에서 주영걸 형제에게 향했던 것이다.

슥—

설무검은 자리에서 일어섰다.

"금슬(琴瑟)을 만나겠네."

주영걸 형제가 반색을 했다.

"그러시겠습니까? 속하가 모시겠습니다!"

"형신을 데리고 오게."

주영걸 형제는 더욱 기뻐했다.

"알겠습니다. 형신을 음양문으로 부르겠습니다."

금슬이란 중천오충의 하나인 음양문의 문주 부부 음양생 사신을 가리키고, 형신은 금호방주의 차남으로 금호방 수석 당주를 맡고 있는 인물이다.

그런데 금호방주와 맏형 형오가 살수들에게 연이어 죽음을 당하는 바람에 현재는 차남인 형신이 떠안듯 금호방을 이끌고 있는 중이다.

설무검이 문 쪽으로 성큼성큼 걸어가고, 양궁표와 단랑, 염탕이 뒤를 따를 때, 맨 뒤에 따르고 있는 주영걸이 조심스레 물었다.

"주군, 옥룡살귀에 대한 조치를 하명해 주십시오."

"거두게."

옥룡살귀를 수색하고 있는 중천오충의 세력들을 철수시키라는 말이었다.

"명을 받듭니다."

주영걸 형제가 공손히 허리를 굽힐 때 설무검은 이미 문밖을 걸어가고 있었다.

第五十九章
음양생사신(陰陽生死神)

음양문.

과거에는 중천십이파의 하나였다가 전대 중천무림의 천주인 검신 설무검에 대한 충절을 꺾지 않았기에 중천오충의 하나로 남은 문파.

오늘 흑룡보주 주영걸, 주영풍 형제가 사전에 약속도 없이 불시에 음양문을 방문했다.

흑룡보주의 외출 시에는 언제나 보주의 호위대인 흑룡수호위(黑龍守護衛)가 그림자처럼 따르지만, 오늘은 예외적으로 이당 휘하 사단 여룡단이 호위를 맡았다.

여룡단주와 단주의 호위고수가 주영걸 형제의 좌우에서, 전 일, 이, 삼조장, 삼조 부조장 등 여섯 명이 뒤를 따르고, 여룡단원 삼십이 명이 흩어져 전방과 좌우, 후방을 암중에서 물 샐틈없이 호위하고 있는 중이었다.

평소에는 흑룡수호위 전체 삼십 명이 열 명씩 번갈아 가면서 보주를 호위하는 정도였다.

그렇기에 오늘 같은 경우에도 여룡단주와 간부급 여섯 명만으로 호위가 충분했지만, 굳이 여룡단원 삼십이 명을 모두 동원한 이유는 단순했다.

그들에게 보주를 호위한다는 남다른 자부심을 심어주기 위해서였다.

과연 삼십이 명의 여룡단원들은 평소와는 달리 극도의 긴장과 흥분을 맛보면서 전 일, 이, 삼조장의 지휘 아래 암중에서 일사불란하게 흑룡보주 형제를 호위했다.

평소 흑룡보주의 호위는 흑룡수호위가, 보 내의 대소사는 제일당이 도맡아서 한다.

제이당과 삼당, 사당은 대외적인 활동, 즉 전투, 수색, 원행(遠行) 등 궂은일에 동원되는 것이 보통이었다.

그런데 이당의 사당인 여룡단이 흑룡보 내 최고 정예이며 주류인 흑룡수호위를 제쳐 두고 보주의 개인 호위를 맡게 되었으니, 여룡단원들의 흥분과 기쁨이야말로 표현할 수 없을 정도였다.

　주영걸 형제와 설무검 일행이 음양문의 거대한 전문을 통과하여 안으로 걸어 들어갈 때, 흩어져서 보주를 호위하고 있던 여룡단원 삼십이 명은 그 뒤에서 삼 열로 질서정연하게 보무당당히 행진했다.

　그들의 선두에는 삼조 부조장인 등발이, 그 뒤를 전 일, 이, 삼조장과 단원들이 따랐다.

　여룡단의 변화는 새로운 단주와 조장들이 외부에서 부임했다는 것과 보주의 호위를 맡게 됐다는 것 말고는 달리 특별한 것이 없었다.

　설무검 형제를 제외한 여룡단원 삼십삼 명 중에서 유일한 최하위 간부급인 등발이 여전히 전체 단원들을 지휘했으며, 전 일, 이, 삼조장이 각 조를 실질적으로 다스렸다.

　여룡단주와 조장들은 단의 일을 등발과 전 조장들에게 일임한 상태로, 그들이 단원들을 어떻게 통솔하든 일체 관여하지 않았다.

　등발과 여룡단원 삼십이 명은 음양문주의 거처인 원앙루(鴛鴦樓) 앞에 대기하고, 설무검 일행은 주영걸 형제와 함께 건물 안으로 들어갔다.

　그런데 대전 안으로 들어가던 오장보가 몸을 돌려 다시 건물 밖으로 나오더니 손짓으로 등발에게 따라 들어오라는 시늉을 해 보이고는 건물 안으로 들어갔다.

등발은 즉시 신형을 날려 오장보의 뒤를 바짝 따랐다.

그것을 바라보는 여룡단원들은 한껏 고무되어 자부심과 기세가 한층 더 높아졌다.

자신들의 전대 단주인 등발이 실질적으로는 여전히 여룡단을 지휘하고 있을 뿐만 아니라, 타 방파의 수좌를 만나는 자리에도 동참하게 된다는 사실 때문이었다.

저벅저벅.

안내를 받아 계단을 올라가는 주영걸 일행의 발자국 소리만이 간단없이 주위를 울렸다.

맨 아래에서 따르고 있는 등발은 긴장된 얼굴로 슬쩍 위를 쳐다보았다.

소라 껍데기처럼 나선형인 계단을 올라가고 있는 주영걸 형제와 설무검 형제들의 모습이 보였다.

"……!"

그런데 등발의 눈에 설무검이 주영걸 형제보다 더 크고 거대하게 보이자 부지중 눈을 크게 떴다.

설무검의 모습이 갑자기 태산처럼 거대해지면서 온몸에서 상서로운 서기 같은 것이 뿜어지는 광경을 목격한 것은, 아까 주영걸 형제가 설무검에게 무릎을 꿇고는 '주군' 이라고 부르는 장면을 목격한 충격이 작용했기 때문만은 아니었다.

그때 등발이 주영걸의 집무실에서 놀라운 광경을 목격하고는 놀란 채 물러나와 여룡각으로 돌아가고 있을 때 삼조장 오장보가 그를 뒤따라왔었다.

오장보는 엷은 미소를 지으면서 등발의 어깨를 두드리며 의미 있는 말을 남기고는 돌아갔었다.

"가랑잎이 눈을 가리면 태산도 보이지 않고, 콩알이 귀를 막으면 우렛소리도 듣지 못하는 법이다[一葉蔽目不見泰山 兩豆塞耳不聞雷霆]."

그때는 그것이 무슨 뜻인지 알지 못했었다. 말의 뜻은 알지만, 왜 오장보가 갑자기 그런 말을 했는지 깨닫지 못했다는 것이다.

그런데 지금 설무검을 바라보는 순간 번갯불이 머리를 관통하듯이 그 말뜻을 깨달은 등발이다.

등발의 머릿속에서 주영걸 형제가 설무검에게 취했던 언행과 지금 설무검을 바라보면서 느끼고 있는 놀라운 광경. 그리고 자신이 처음 봤을 때 설무검의 초탈했던 모습들이 겹쳐지면서 펼쳐졌다.

쿵!

"앗!"

너무도 놀라운 생각을 하느라 제정신이 아닌 등발이 발을 헛디뎌 계단참에 무릎을 찧고 말았다.

부끄러움이 확 온몸으로 끼쳐 왔다. 그래서 급히 고개를 들고 위를 쳐다보았다.

그러나 아무도 뒤돌아보지 않고 묵묵히 계단만 올라가고 있지 않은가. 등발에게 신경을 쓰고 있는 사람은 한 명도 없었던 것이다.

등발은 무릎의 아픔도 잊은 채 망연자실 앞서 올라가는 사람들을 바라보았다.

그들이 다른 세상의 사람들처럼 보였다.

"자네가 본문에는 어인 일인가?"

"주영걸, 당신이 본문에 무슨 일로 왔나요?"

실내로 들어서고 있는 주영걸을 맞이하는 음양문 음양생 사신 부부의 일성이었다.

부부의 말은 조금씩 달랐지만 그 내용과 상대를 무시하는 듯한 말투는 똑같았다.

나란히 붙어 있는 두 개의 태사의에 앉아 있는 음양생사신 은 걸어 들어오는 주영걸 형제를 보고도 일어설 생각조차 하지 않았다.

오히려 얼굴에 귀찮다는 듯 냉랭한 표정을 떠올리고 있어서 아무것도 모르는 사람이라면 기분이 나빠서라도 즉시 몸을 돌려 나가 버리고 말 것 같았다.

음양생사신이라는 별호는 부인 음금생신(陰琴生神)과 남편 양슬사신(陽瑟死神)을 뜻하는 것이다.

별호가 말해주듯 두 사람은 부부로서 금슬이 원앙을 찜 쪄 먹을 정도로 다정하다.

또한 부인은 탁월한 의술로 병들거나 다친 사람들을 고쳐 살리는 반면에, 남편은 사람을 죽이는 데에 수십 가지의 놀라운 재주를 지니고 있다.

"저 떨거지들은 뭐냐? 누가 자네더러 수하들을 이곳까지 데리고 들어와도 좋다고 그랬나?"

비단 장포를 입고 청수한 용모에 학자 같은 풍모를 지닌 남편 양슬사신이 주영걸 형제 뒤쪽에 늘어서 있는 설무검 일행을 쓸어보며 못마땅한 듯 내뱉었다.

설무검은 지난 육 년여 동안 얼굴이 더욱 깡마르고 강파르게 변한 상태였다. 더구나 흑룡보 단주의 복장에 챙이 넓은 모자를 쓰고 있었으므로, 음양생사신은 그를 알아보지 못했다.

양슬사신은 그렇게 말하면서도 희한하게 얼굴에는 못마땅

한 기색이 추호도 떠올라 있지 않았다. 오히려 청수한 용모에
어울리는 온화한 미소가 떠올라 있었다.

그런 말과 표정의 부조화 역시 처음 보는 사람이라면 헷갈
려서 조롱을 당한다는 오해를 하여 자리를 박차고 뛰쳐나가
기 딱 좋았다.

주영걸은 음양생사신 부부의 성격을 잘 아는지 그의 태도
에는 별로 신경을 쓰지 않고 본론부터 꺼냈다.

"말씀을 전하러 왔네."

"말씀? 대체 누구의 말씀이라고 하는 것인가?"

주영걸은 양슬사신이 상냥한 표정으로 의아한 내용의 질
문을 하는 것을 많이 봐왔으므로 개의치 않았다.

"낙양성 내와 인근 지역에 동원한 음양문의 고수들을 철수
시키게."

"왜 그래야 하죠?"

이번에는 음금생신이 방글방글 미소를 지으면서 물었다.
부창부수가 따로 없었다.

"그래야 하오."

주영걸의 목소리가 약간 명령조로 변했다.

"그럴 수 없다."

"그러지 않겠어요."

음양생사신이 동시에 거절을 했다.

　등발은 가장 뒤쪽에 서서 극도로 긴장한 표정에 조마조마
한 심정으로 상황을 지켜보고 있었다.

　그는 음양생사신을 처음 볼뿐더러 그들의 언행과 표정의
심한 불일치 또한 처음 목격하는 것이라서 상황이 대체 어떻
게 돌아가는 것인지 불안하기 짝이 없었다.

　"중천사충이 모두 수하들을 철수해도 음양문 혼자서 계속
옥룡살귀의 수색을 고수하겠다는 것이오?"

　"그렇네."

　주영걸의 물음에 양슬사신이 두말 할 것도 없다는 듯 고개
를 끄덕였다.

　"이유가 무엇이오?"

　"지금 자네가 내게 이유를 묻는 것인가?"

　주영걸은 올해 사십구 세, 양슬사신은 사십칠 세다. 양슬사
신은 나이가 두 살 어리면서도 꼬박꼬박 하대를 하고, 주영걸
은 개의치 않고 여전히 존대를 했다.

　"그렇소."

　꿍!

　"네놈들은 오충(五忠)이라는 허울을 뒤집어쓰고서도 어째
서 천주의 의문사에는 관심이 없는 것이냐?"

　갑자기 양슬사신이 한 발로 바닥을 구르면서 쩌렁한 노성
을 터뜨렸다.

그의 발이 단단하기 짝이 없는 청석 바닥을 뚫고 발목까지 푹 파묻혔다.

쩌렁한 호통이나 발을 구른 것으로 미루어 화를 내는 것이 분명한데도 여전히 얼굴에는 강바람처럼 상쾌한 미소가 떠올라 있었다.

"우리가 중천사세나 중천칠지파보다 먼저 형곤을 암살한 살수를 찾아내서 제압을 해야 배후를 캘 수 있을 것이고, 단해룡 일당이 형곤을 죽였다는 사실을 밝혀낼 수 있을 것이 아니겠느냐? 어쩌면 육 년 전, 천주의 불의의 죽음을 밝혀낼 실오라기 같은 단서라도 찾아낼 수 있을지도 모른다! 그런데 너는 어이없게도 살수 수색을 중지하라는 것이냐?"

"그래요. 우린 옥룡살귀를 잡을 때까지 고수들을 거두지 않을 거예요."

양슬사신의 분노에 찬 쩌렁쩌렁한 호통에 이어 음금생신이 생글생글 미소 지으면서 거들었다.

슥—

양슬사신이 태사의에서 일어서며 주영걸을 주시했다.

"당장 꺼져라! 겉으로만 천주께 충성하는 체하는 너 같은 놈은 본문에 한시라도 머물 자격이 없다!"

온화한 표정과는 달리 우뚝 서 있는 양슬사신의 전신에서 파도 같은 거센 기운이 뿜어졌다.

“내 말을 들어보시오.”

주영걸이 손을 저으면서 양해를 구하듯 말하는 데도 양슬사신은 막무가내였다.

양슬사신은 오른손을 느릿하게 어깨로 가져가면서 눈초리를 치켜떴다.

그 두 눈에서 얼굴 표정과는 상관없이 섬뜩한 새파란 광채가 뿜어졌다.

그의 어깨에는 한 자루의 독특한 기형 무기가 메져 있었다. 길이는 도보다 두 자 이상 길면서도 폭은 검처럼 좁은데, 손잡이 쪽보다 오히려 끝 부분이 더 폭이 넓은 특징도 있었다.

이치상으로 끝 부분의 폭이 넓고 중간의 폭이 좁으면 그 무기가 뽑히지 않을 텐데도, 그 기형 무기는 얇은 돌끼리 서로 부대끼는 듯한 소리를 내면서 뽑혀 나왔다.

스으응!

“무엄하오! 어느 안전이라고 감히!”

주영걸과 주영풍이 동시에 어깨에 메고 있는 창을 잡으면서 호통을 터뜨렸다.

키이잉!

그러나 양슬사신은 두 발로 바닥을 힘껏 박차면서 곧장 주영걸을 향해 쏘아오며 이미 어깨에서 뽑힌 기형 무기를 벼락

같이 내리긋고 있었다.

주영걸 형제는 양슬사신의 평소 성격이 대쪽처럼 강직하고 기름에 불을 붙인 것처럼 급한 줄은 이미 알고 있었지만, 이렇듯 느닷없이 공격하리라고는 예상하지 못했기에 가볍게 당황했다.

주영걸 형제도 반사적으로 어깨의 창을 뽑았지만 찰나의 차이로 늦고 말았다.

그렇지만 만약 양슬사신의 기형 무기가 주영걸의 몸에 상처를 입힌다면, 그 순간 곁에 있는 주영풍의 창이 양슬사신의 몸을 관통하고 말 것이다.

그렇다고 주영풍도 무사하지는 못할 처지였다.

왜냐하면 앉아 있던 음금생신이 화살처럼 빠르게 주영풍을 향해 쏘아오고 있는데, 그녀의 오른손이 허리에 차고 있던 채찍을 풀고 있는 중이었다.

주영걸은 양슬사신의 기형 무기에 당할 것이고, 주영풍이 죽는 것을 두려워하지 않는다면 양슬사신을 찌를 것이로되, 죽는 것이 두려워 한순간이라도 움찔한다면, 그 순간 음금생신의 채찍이 그의 심장을 꿰뚫을 것이다.

키잇!

그런데 한순간 양슬사신의 기형 무기 끝이 양쪽으로 갈라지는 것이 아닌가.

원래 그의 기형 무기인 육인슬검(六刃瑟劍)의 끝은 여섯 개의 검날이 부채가 접힌 형태로 밀착되어 있기 때문에 얼핏 보면 약간 두꺼운 한 자루의 검으로 보였다.

그것이 정확하게 절반, 즉 세 자루씩 두 개로 나뉘면서 하나는 주영걸에게, 또 하나는 주영풍에게 놀라운 속도로 찔러 갔다.

주영걸과 주영풍은 워낙 가까이 붙어 있었기 때문에 충분히 육인슬검의 영향권 내에 들었다.

육인슬검이 두 자까지 쇄도하고 있을 때 주영걸의 창은 육인슬검을 쳐가고, 주영풍의 창은 양슬사신의 목을 찔러가고 있었다.

그와 같은 순간에 음금생신의 채찍은 처음에 주영풍을 향해 쏘아오다가 중도에 방향을 바꿔 주영걸과 주영풍 둘 다 휩쓸어 갔다.

그녀의 채찍에 공력을 주입하면 단단한 바위조차 가루로 만들 수 있는 터라, 사람의 몸뚱이 정도를 간단하게 자르거나 관통시키는 것은 식은 죽 먹기다.

일촉즉발의 순간.

꺼꺼껑!

파파아아!

찰나, 금종을 울리는 듯한 날카로운 음향과 세찬 바람이 갈대숲을 스치는 듯한 소리가 동시에 터져 나왔다.

그리고 실내에 놀라운 광경이 벌어져 있었다.

주영걸, 주영풍 형제는 원래 서 있던 자리에서 서너 걸음쯤 뒤로 물러난 상태에서도 거센 충격 때문에 쓰러질 듯이 몸을 휘청거리고 있었다.

두 사람이 양슬사신의 육인슬검을 향해 마주쳐 나가던 두 자루 창은 중도에 무엇인가에 부딪쳤던 듯 창끝이 다른 방향을 가리키고 있었다.

그리고 양궁표가 양슬사신의 전면에 우뚝 서서 한 손으로 잡은 검을 앞으로 쭉 뻗고 있었다.

그런데 놀랍게도 그의 이룡검이 양슬사신의 육인슬검 한가운데를 마치 대나무를 쪼개듯 길게 쪼갰으며, 검날이 육인슬검 손잡이 부분 칼코등이 직전에 멈춰 있었다.

양슬사신의 육인슬검은 사실 검첨 부분이 여섯 개의 칼날로 이루어졌으며 부채처럼 오므렸다가 펼 수 있게 되어 있는데, 지금은 좌우 각 세 개씩의 칼날이 쪼개져서 쫙 벌어져 있는 상태였다.

그 세 개씩의 칼날이 각기 주영걸과 주영풍을 찌르느라 벌어졌을 때, 그 복판을 양궁표의 이룡검이 쪼갠 것이다.

만약 양궁표가 멈추지 않고 그대로 이룡검을 밀고 나갔으면 육인슬검의 손잡이와 양슬사신의 몸까지 세로로 쪼개고 말았을 것이다.

또한 음금생신의 오른손에 쥐고 있는 채찍은 겨우 한 자 남짓 손잡이 부분만 남은 상태였다. 그리고 그녀의 발아래에 십여 개로 토막이 난 채찍 조각들이 어지럽게 널려 있었다.

음금생신 앞에는 단랑이 우뚝 선 채 삼룡검의 검 끝을 그녀의 목에 찌를 듯이 겨누고 있었다. 단랑은 음금생신의 휘둘러오는 채찍을 순식간에 여러 토막 낸 후에 검끝으로 그녀의 목을 겨눈 것이다.

장내에 벌어져 있는 광경에 놀라지 않는 사람은 설무검과 염탕, 오장보 세 사람뿐, 다른 사람들은 경악을 금치 못하는 얼굴이었다.

주영걸 형제는 설무검의 형제들이 이 정도로 고강할 줄 몰랐고, 또 양궁표와 단랑이 아니었으면 큰일이 날 뻔했다는 사실 때문에 놀랐다.

음양생사신 부부는 비록 방심했다고는 하지만, 주영걸 형제의 일개 호위고수에게 자신들이 낭패를 당했다는 사실에 놀라움과 수치심을 동시에 느꼈다.

또 한 명 놀란 사람은 등발이었다. 그는 사실 양궁표와 단랑이 언제 튀어 나갔으며, 어떤 수법을 사용했는지 보지 못했다. 다만 현재 벌어져 있는 상황으로 미루어 과정을 짐작하면서 경악하고 있는 것이었다. 그는 단랑 등을 상대로 한바탕 드잡이질을 벌였던 상황을 기억해 내고는 자신도 모르게 부르르 몸을 떨면서 자신이 아직 살아 있는 것이 기적이라는 생각이 들었다.

주영걸 형제와 음양생사신 부부는 양궁표와 단랑을 쳐다보면서 한동안 말문을 열지 못했다.

말과 표정이 전혀 다르던 음양생사신 부부도 지금만큼은 얼굴에 적잖이 놀라는 표정을 떠올리고 있었다.

그들 네 사람의 시선은 마지막으로 양궁표에게 집중되었다.

한 가지 동작만을 하고 있던 양슬사신과 주영걸 형제의 무기를 양궁표는 순식간에 세 가지 동작을 하면서 무력화시켜 버린 것이었다.

"너… 희는 누구냐?"

"당신들은 누구죠?"

음양생사신 부부가 한참 만에야 동시에 입을 열어 양궁표와 단랑에게 물었다.

그러나 양궁표와 단랑은 대답도 하지 않고 그 자리에서 움직이지도 않았다.

음양생사신은 꼼짝도 할 수가 없었다.

양슬사신은 정확하게 삼십칠 종류의 살인 수법을 지니고 있으며, 지금 같은 상황에서 양궁표에게 사용할 수 있는 수법이 세 가지 정도 있었다.

그렇지만 단랑의 검끝이 음금생신의 턱 밑을 바짝 겨누고 있었으므로 그가 양궁표에게 수법을 전개하는 순간 아내가 끔찍한 꼴을 당하게 될 것 같아서 함부로 손속을 펼치지 못하고 있는 것이었다.

"물러나라."

그때 설무검이 조용히 말하면서 천천히 음양생사신 쪽으로 걸음을 옮겼다.

그러자 양궁표와 단랑, 주영걸 형제가 약속한 것처럼 일제히 무기를 거두고 뒤로 물러났다.

음양생사신은 설무검의 한마디에 양궁표와 단랑은 물론 주영걸 형제까지 즉시 물러나는 것을 보고 적잖이 놀라면서 잠시 어리둥절했다.

그러나 양슬사신은 백전노장이다. 어떻게 돌아가는 상황인지 정확하게 알 수는 없지만, 지금의 상황이 자신들에게 매우 좋지 않다는 사실과 이 순간의 기회를 놓치게 되면 더욱 불리해질 것이라고 판단했다.

그는 수중의 육인슬검을 두 손으로 힘껏 움켜잡고 공력을 주입시키는 것과 동시에 가장 왼쪽에 있는 주영풍에서부터 가장 오른쪽에 있는 단랑을 향해 좌에서 우, 수평으로 맹렬히 그어댔다.

쐐애애액!

다음 순간 고막을 갈가리 찢을 듯한 날카로운 파공성이 실내를 가득 메웠다.

그러나 그보다 더 빨리 여섯 자루의 칼날이 육인슬검에서 발사되었다.

여섯 자루의 칼날은 폭 두 치, 길이 한 자 반으로 모두 같았고, 양쪽에 날이 있는 양인검(兩刃劍)이며, 검첨은 일반적인 검보다 훨씬 가늘고 뾰족했다.

양슬사신은 여섯 자루의 칼날이 좌로부터 주영풍과 주영걸, 설무검, 염탕, 양궁표, 단랑에게 부챗살처럼 뿜어져 가는 것을 보면서 흐릿한 회심의 미소를 지었다. 그는 이 수법이 실패할 것이라고는 생각하지 않았다. 상대가 방심한 허를 제대로 찔렀기 때문에 절대 막거나 피하지 못할 것이라고 자신했다.

그도 그럴 것이, 이 수법은 양슬사신이 사용하는 최후의 다섯 가지 수법 중 하나로써 육인슬검의 절반을 잃는 것, 즉 반파(半破)하는 것이다.

그의 수중에는 육인슬검의 손잡이 쪽 절반만이 남았는데, 부채를 펼친 것 같은 작은 슬(瑟:거문고)의 모양이었다. 또한 그것에는 스물다섯 개의 가느다란 줄이 연결되어 있는데, 마치 거문고의 현(弦) 같았다.

그의 기형 무기인 육인슬검이라는 이름은 뿜어져 나간 여섯 자루의 칼날이 '육인(六刀)'이고, 남아 있는 작은 거문고가 '슬검(瑟劍)'이기 때문에 얻어진 것이었다.

그런데 그 나머지 반쪽인 슬검마저도 양궁표에 의해서 절반이 쪼개져 버렸다.

주영걸과 주영풍은 설무검의 물러서라는 명령에 창을 거두고 물러나다가 기습을 당했기 때문에 적잖이 당황했다.

하지만 이대로 속수무책 당할 수는 없다고 판단하여 수중의 창을 맹렬히 휘둘러 자신들에게 쏘아오는 칼날을 후려치려고 했다.

반면에 양궁표와 단랑, 염탕은 아무런 행동도 취하지 않을 뿐더러 태연자약했다.

째째째째쨍!

그 순간 단단한 조약돌들이 여러 개의 칼날을 때린 듯한 날카로운 여섯 마디의 음향이 허공중에서 터져 나왔다.

파아아아!

"헉!"

양슬사신은 크게 놀라 부지중 다급한 헛바람을 들이켰다. 여섯 자루의 칼날들이 갑자기 방향을 바꾸더니 일제히 자신을 향해 쏘아오고 있었기 때문이다.

"우왓!"

"여보!"

양슬사신은 급급히 철판교의 수법을 발휘하여 무릎을 꺾으면서 상체를 완전히 뒤로 꺾어 등이 거의 바닥에 닿을 듯한 동작을 취했다.

그와 동시에 음금생신이 양슬사신을 향해 번개같이 신형을 날리면서 찢어질 듯 날카롭게 외쳤다.

파파파파팍!

"와악!"

요란한 음향과 함께 양슬사신의 입에서 그답지 않은 방정맞은 비명성이 터져 나왔다.

아마도 그는 평생에 지금 같은 비명성은 처음 터뜨려 보는 것일 게다.

"여… 보……."

양슬사신 옆에 내려선 음금생신은 그의 모습을 보면서 얼굴이 사색으로 변했다.

두 무릎을 꺾고 상체를 뒤로 완전히 젖혀서 누워 있는 듯한 자세인 양슬사신의 양쪽 겨드랑이와 옆구리, 그리고 사타구니에 다섯 자루의 칼날이 옷을 뚫고 바닥에 깊숙이 꽂혀 있었다. 마지막 한 자루는 머리카락 몇 올을 베면서 정수리를 지나 바닥에 꽂혀 있는 상태였다.

음금생신의 시선이 반사적으로 제일 먼저 양슬사신의 사타구니로 향했다.

그녀의 표정이 가히 볼 만했다.

얼굴에는 칼날이 남편의 음경이나 음낭을 자르거나 관통했는지 노심초사하는 기색이 역력했다. 창졸간의 일이라서 표정에 신경을 쓸 겨를이 없는 그녀였다.

그다음에 그녀의 눈길이 남편의 정수리 위에 꽂힌 칼날과 양 겨드랑이, 양 옆구리로 두루 옮겨진 후 마지막으로 남편의 얼굴에서 멈추었다.

양슬사신의 얼굴은 극도의 경악과 수치심으로 벌겋게 달아오른 상태였다. 그것은 청수한 중년학자의 강바람처럼 상쾌한 표정이 더 이상 아니었다. 하지만 경악과 수치심이 한데 뒤섞인 표정과 고통의 표정을 분간하기란 쉽지 않아서, 음금생신은 남편이 다쳤는지 아닌지 분간을 하기가 어려웠다.

"여보⋯ 괜찮아요?"

음금생신은 금방이라도 울음을 터뜨릴 것 같은 표정으로 조심스럽게 물었다.

양슬사신은 끙끙 신음을 흘렸다.

"으음! 다친 것 같지는 않소."

"일어날 수 있겠어요?"

"힘⋯ 들 것 같소. 부인이 어떻게 좀 해보시오."

지금처럼 두 발바닥을 바닥에 붙인 채 뒤로 드러누운 듯한 자세에서 상체를 일으킨다면 사타구니든 어디든 몇 군데 베

이게 될 것이 분명했다.

무사하려면 지금 자세를 유지한 채 수직으로 서서히 떠올라야 하는데 양슬사신의 능력으로는 무리였다.

그렇다고 음금생신이 칼날들을 뽑아주자니 남편이 어떤 상황에 처해 있는지 알지 못하는 상태에서 함부로 손을 댔다가 자칫 신체의 중요한 부위가 다칠까 봐 이러지도 저러지도 못하고 발만 동동 굴렀다.

"난정(鸞淨)."

그때 음금생신의 뒤에서 누군가 조용한 목소리로 말했다.

"아……."

순간 그녀의 몸이 격렬하게 부르르 떨렸다.

'난정' 은 그녀의 본명이다. 그렇지만 남편인 양슬사신은 평소에 그녀의 본명을 부르지 않는다. 더구나 방금 그 목소리는 남편의 것이 아니었고, 또한 매우 귀에 익은 목소리였다.

'난정' 이라는 이름은 세상천지에서 오직 한 사람만이 입에 올릴 수가 있다.

그렇지만 그 사람은 이미 육 년 전에 죽었다. 아니, 죽었다고 알려졌다.

음금생신은 몸을 가늘게 떨면서 경악과 불신이 뒤섞인 얼굴로 천천히 돌아섰다.

그녀의 시선이 멈춘 곳에는 흑룡보 단주의 복장을 하고 챙이 넓은 모자를 쓴 키가 몹시 큰 한 사내가 철탑처럼 우뚝 서 있었다.

낯선 모습이며 낯선 분위기의 사내다.

그녀는 설마 그가 자신의 본명을 불렀을 것이라고는 생각하지 못하고 주위를 두리번거렸다. 그렇지만 모두의 시선이 단주에게 향해 있어서 그녀는 다시 단주를 바라보았다.

이윽고 그녀는 이끌리듯 단주에게 세 걸음 걸어가서 그 앞에 바짝 다가섰다.

보통의 키를 지닌 그녀의 돌출된 풍만한 가슴 한 뼘 앞에 단주의 배가 있었다. 단주는 그녀보다 머리 하나 반 정도가 더 컸다.

그녀는 긴장된 표정으로 고개를 들어 단주의 얼굴을 올려다보았다.

폭이 넓은 챙 안에서 한 사내의 강파른 얼굴이 묵묵히 그녀를 굽어보고 있었다.

그 얼굴을 자세히 살펴보던 음금생신, 아니, 난정의 동공이 점점 확장되더니 마침내 두 눈이 화등잔처럼 커졌다. 그리고는 곧이어 얼굴 가득 경악지색이 떠올랐다.

"저… 정녕… 천주신가요?"

그녀의 목소리는 겨울바람에 떠는 문풍지처럼 바르르 떨리고 있었다. 그러더니 크고 검으며 서늘한 한 쌍의 두 눈에 소르르 눈물이 가득 차올랐고, 곧 뺨을 타고 흘러내렸다.

"천… 주라니… 그 무슨 헛소리를……."

등이 바닥에서 반 뼘쯤 떠 있는 상태에서 이러지도 저러지도 못하며 땀을 뻘뻘 흘리고 있는 양슬사신이 난정의 말을 듣고 이가 시린 듯한 중얼거림을 흘려냈다.

그러나 아직도 문을 등지고 선 채 정신을 차리지 못하고 있는 등발은 지금의 사태가 어떻게 돌아가고 있는지 당최 정리가 되지 않았다.

그러므로 난정이 '천주' 라고 하는 말을 듣긴 했지만 다른 쪽 귀로 흘러나가 버렸다.

설무검은 빙그레 미소를 지으면서 챙이 넓은 모자를 벗어 옆에 서 있는 양궁표에게 건네주었다.

"오랜만이구나, 난정."

설무검의 말에도 난정은 대답을 하지 않았다. 아니, 그의 얼굴을 살피느라 대답할 겨를이 없었다.

난정은 설무검의 얼굴을 금세 알아보지 못했다. 그의 모습은 그만큼 많이 변해 있었다.

손바닥보다 조금 더 큰 그의 얼굴에는 지난 육 년여 동안의 풍파와 고초, 상심이 고스란히 새겨져 있었다. 주름은 거의 없었지만 바닷가에 서서 수없이 파도에 두들겨 맞으면서 씻긴 바위처럼 두꺼운 더께가 씌워져 있는 얼굴이었다.

잠시 동안 설무검을 뚫어지게 주시하던 난정은 마침내 그의 얼굴에서 과거 중천무림의 절대자였던 흔적들을 어렵사리찾아낼 수가 있었다.

예전에는 이글거리면서 야망과 투지로 빛나 감히 함부로마주 쳐다볼 수도 없었던 눈빛은 고요히 갈무리되어 심연보다 더 깊어졌으며, 약간 솟았던 광대뼈는 움푹 꺼진 양 뺨 때문에 조금 더 날카롭게 솟았고, 냉철함과 잔인함만이 배어 있었던 꽉 다물린 입술에는 조금쯤 부드럽고도 엷은 미소가 떠올라 있었다.

난정의 시선이 설무검의 얼굴 위를 흐르다가 마지막으로왼쪽 뺨에 고정되었다.

그곳에는 귓가에서 입 쪽으로 비스듬히 두 치 길이의 흉터가 뚜렷하게 새겨져 있었다.

"아아… 저… 정말… 천주시군요."

난정이 다시 한 번 후드득 세차게 몸을 떨면서 쓰러질 듯이휘청거렸다. 온몸에 힘이 탁 풀려서 금방이라도 쓰러질 것만같았다.

설무검이 한 손을 뻗어 난정의 팔을 붙잡았다.

그러자 그녀는 지푸라기처럼 힘없이 설무검의 품에 안겨들었다.

"천주… 아아… 천주께서 돌아오시다니요. 이것이 정녕 꿈은 아니겠지요?"

난정은 두 주먹을 꼭 쥐고 설무검의 가슴에 얼굴을 묻고는 신음처럼 중얼거리며 펑펑 눈물을 쏟아냈다.

설무검은 그녀를 포근하게 안아주면서 등을 토닥였다.

"난정은 십일 년 전에 천선대(天仙臺)에서도 대책없이 울기만 해서 나를 곤란하게 만들더니, 지금도 나를 난처하게 만드는군."

"으앙! 천주… 천주……."

그 말에 급기야 난정은 두 팔로 설무검의 등을 꼭 안고 도리질치고 몸부림치면서 어리광을 부리듯 울음을 터뜨렸다.

천선대는 중천군림성 내에 있던 일종의 귀빈용 누대이며, 성주 전용이다.

십일 년 전, 중천군림성주의 최측근 경호대인 군림결사위(君臨決死衛)에 소속되어 있던 한 여인이 평소 사랑하는 사이인 중천무림 내 삼류 소문파의 젊은 문주와 천선대 맨 꼭대기 누대의 바닥에 나란히 무릎을 꿇고 앉아서 성주의 처분만을 기다리고 있었다.

성주의 경호대 군림결사위는 모두 미혼이어야만 한다. 혼인을 하게 되면 가족을 부양할 수밖에 없어서 결과적으로 성주의 경호에 차질을 빚기 때문이다.

군림결사위의 일원이 만약 누군가를 사랑하게 되고, 또 혼인을 할 계획이라면 군림결사위를 떠나야만 하는 것이 규칙이었다. 그런데 그 여인은 소문파의 문주를 사랑하고 또 혼인을 할 생각이면서도 군림결사위를 떠나지 않았고, 보고하지도 않았다가 결국 발각되고 말았다.

그 당시 성주는 여인을 몹시 아꼈었고, 친히 무공을 가르치기까지 했었다.

성주 앞에 나란히 무릎을 꿇은 여인과 소문파의 문주에게 내려질 벌은 심할 경우 처형일 수도 있었다.

그런데 한동안 두 사람을 굽어보던 성주의 입에서 흘러나온 말은 전혀 뜻밖이었다.

"두 사람은 내일 당장 혼인하도록 해라. 그리고 자네를 오늘부로 군림결사위의 일원으로 임명하겠다."

성주는 여인과 문주에게 중벌을 내리지도 않았고, 두 사람을 강제로 헤어지게 만들지도 않았으며, 여인을 군림결사위에서 내쫓지도 않았다. 오히려 두 사람을 혼인시키고, 그녀의 정인을 군림결사위로 받아들여 사랑하는 여인과 함께 근무할 수 있도록 파격적인 결정을 내렸다.

여인과 소문파 문주는 솟구치는 감격에 어쩔 줄 모르고 눈물을 펑펑 흘리며 울었다.

그 당시 소문파의 문주는 문하 제자들 삼십여 명 남짓을 거느리고 있는 별 볼일 없는 낙양성 밖의 문주로서 장래도 뭣도 없는 기대하기 어려운 인물이었다. 그런 그에게 군림결사위 발탁은 파격 중에서도 파격이었다.

군림결사위는 이십 명으로 구성됐고, 중천군림성, 아니, 중천무림 전체를 통틀어 최고 정예였다. 그러므로 군림결사위가 되는 것은 중천무림 내 모든 무림인들의 꿈이었다.

그날 이후 여인과 소문파의 문주는 혼인을 하여 군림결사위에서 삼 년 동안 나란히 함께 근무했다. 그리고는 스스로 군림결사위를 물러나 성 밖에 있던 문파를 낙양성 내로 이전했으며, 대대적으로 문파를 확장하고 강화하여 일류 문파로의 도약을 개시했다.

그 일에는 중천군림성주의 물심양면에 걸친 도움이 뒷받침되었음은 두말할 것도 없었다.

그로부터 이 년 후, 그들 부부의 문파는 성주로부터 중천십이지파에 발탁됐다는 통보를 받았다. 그들 부부가 바로 지금의 음양생사신이고, 그들의 문파가 곧 음양문이었다.

난정에게, 아니, 음양생사신 부부에게 중천군림성주 설무검은 운명적인 하늘이었다.

"천주… 크흐흑! 천주시여!"

양슬사신은 자신이 어떤 처지라는 것도 잊은 채 뒤로 자빠진 자세에서 울음을 터뜨리며 소리쳤다.

그는 통곡하면서 그제야 깨달았다. 자신이 펼친 회심의 암수를 이처럼 완벽하게 깨뜨릴 수 있는 인물은 천주밖에 없다는 사실을. 천주가 왕림했는데도 알아보지 못한 자신에게 그가 벌을 내렸다는 사실을 말이다.

그때 양궁표가 양슬사신을 속박하고 있던 여섯 자루의 칼날을 뽑아주자, 그는 무릎걸음으로 설무검 가까이 다가간 후 그를 한참 동안이나 우러러보더니 또다시 조금 전보다 더 격렬하게 울어댔다.

"으허엉! 천주가 틀림없으시군요! 천주! 천주께서 돌아오셨도다! 끄허엉!"

그 광경을 보면서 주영걸과 주영풍 형제도 눈물을 흘렸고, 염탕과 단랑, 오장보도 눈시울을 붉혔다.

"처… 천주……."

등발은 모자를 벗은 설무검을 쳐다보다가 다리에 힘이 풀려서 크게 휘청거리다가 그대로 주저앉았다.

'맙소사… 저분이 중천무림의 절대자였다니…….'

그는 자신의 입에서 허연 거품이 부글부글 흘러나오고 있는 사실도 알지 못했다.

양슬사신이 설무검이 부축해서 일으키는 데에도 한사코 뿌리치면서 이마를 바닥에 짓찧으며 흐느꼈다.

"천주를 지키지도 못한 이런 놈을 그냥 죽여 버리시지, 어찌하여 겁만 주셨습니까? 크흐흐흑!"

난정은 그제야 조금 전에 자신의 남편을 낭패하게 만들었던 일을 기억해 냈다.

"천주께서 그러셨어요?"

그녀는 설무검의 품에 안긴 채 고혹적으로 그를 올려다보며 물었다.

"미안하구나. 네 남편인데."

난정은 화사하게 웃었다.

"천주께서 그를 죽였더라도 괜찮아요."

울부짖던 양슬사신이 뚝 멈추며 눈을 부릅뜨면서 난정을 쳐다보았다.

난정은 목젖이 보이도록 명랑하게 웃음을 터뜨렸다.

"아하하하! 천첩을 아끼시는 천주께서 미망인이 된 천첩을 그냥 두고 보시겠어요? 지금의 남편보다 더 좋은 남편감을 또 구해주시겠지요?"

第六十章

산예도(狻猊刀)

　한동안의 이별이라는 것은 필경 사람 사이를 더욱 가까워
지게 만드는 기이한 능력을 지니고 있는 것 같았다.

　주영걸, 주영풍 형제와 음양생사신 부부는 육 년여 만에 다
시 만난 설무검을 예전보다 더욱 친밀하게 느꼈으며, 이제부
터는 자신들이 그의 최측근이 될 것이라는 사실을 믿어 의심
치 않았다.

　설무검 일행은 등발과 오장보 두 사람만 제외하고 모두 밀
실로 옮겨와 있었다.

　그곳은 제법 넓었으며, 회의를 할 수 있도록 원형의 탁자와

그 둘레에 의자들이 놓인 공간도 있었다.

양슬사신이 크고 화려한 태사의로 설무검을 인도하면서 앉기를 권했지만 그는 따르지 않았다.

"모두 앉게."

설무검이 둥근 원형 탁자 앞 의자에 앉으면서 말하자 양궁표는 그의 뒤에 우뚝 섰고, 단랑과 염탕이 그의 좌우에 망설임없이 앉았다.

그렇지만 주영걸 형제와 음양생사신은 감히 앉지 못하고 그냥 설무검의 맞은편에 서 있었다.

설무검은 그들을 보면서 미소를 지었다. 예전 절대자 시절에는 그 누구도 쉽사리 볼 수 없었던 미소다.

그들이 보기에 설무검은 많이 변했다.

"어려워 말고 앉아라."

그래도 모두들 쭈뼛거릴 뿐 선뜻 앉는 사람이 없었다.

설무검은 난정을 보면서 조금 더 짙은 미소를 지었다.

"난정, 내가 몇 번을 더 권해야 자리에 앉겠느냐?"

난정은 화들짝 놀라더니 송구스러워서 어쩔 줄 모르면서 조심조심 의자에 앉고 나서 양슬사신의 옷자락을 잡아당겨 자신의 옆자리에 앉혔다.

그렇게 되자 주영걸 형제로서도 하는 수 없이 앉을 수밖에 없었다.

그러나 그들 네 사람은 여좌침석(如坐針席)인지라 몸을 꼿꼿하게 세운 채 황송한 표정을 얼굴에서 지우지 못했다.

과거에는 설무검 앞에서 중천오세의 지존들이라고 해도 감히 대좌하지 못했었거늘, 지금 그들보다 아래급인 중천십이지파의 수좌들이 설무검과 대좌를 했으니 어찌 황송하고 불안하지 않겠는가.

"어찌 생각하느냐?"

오장보의 물음에 등발은 대답을 하지 못했다. 오장보가 무엇을 묻는 것인지 모르기 때문이다.

오장보는 등발을 따로 다른 방으로 불러들여 마주 서 있었다.

등발은 아직도 아까의 놀라움이, 아니, 경악이 채 가라앉지 않은 상태였다. 아마도 평정심을 되찾으려면 꽤 오랜 시간이 걸릴 터이다.

"대형께서 중천무림의 천주라는 사실은 극비인데도 불구하고 내가 왜 너에게 알려주었다고 생각하느냐?"

오장보는 내용을 조금 바꾸어서 다시 물었다.

등발의 머리가 조금씩 트이기 시작했다.

"저를… 믿기 때문입니까?"

그는 자신이 상급자로 모시게 된 단주라는 인물이 대단한 인물일 것이라고 짐작은 했었지만, 설마 중천무림의 절대자일 줄은 꿈에서조차 상상하지 못했었다.

그동안 느끼고 목격했던 여러 의문들이 이제야 풀렸다. 단주의 형제들이 어째서 하나같이 고강했고, 단주가 어이해서 천외천(天外天)의 품위와 기도를 지녔으며, 주영걸 형제가 왜 단주를 보고 '주군'이라고 외치면서 무릎을 꿇었는지를 말이다.

오장보는 등발의 물음에 또 다른 질문을 했다.

"너를 대형의 사람으로 쓰려 하는데, 네 생각은 어떠냐?"

순간 등발은 부르르 온몸을 떨면서 혼이 반쯤 나간 얼굴로 오장보를 쳐다보더니 갑자기 그의 앞에 무릎을 꿇고 이마를 바닥에 대며 열띤 어조를 토해냈다.

"충성을! 아니, 목숨을 바치겠습니다!"

오장보는 엄숙한 어조로 충고했다.

"네가 목숨을 바쳐야 할 분은 내가 아니라 대형이시다. 명심해라. 앞으로는 대형 이외의 사람 앞에서는 무릎을 꿇지 않도록 하라."

이어서 오장보는 몸을 돌려 방문으로 걸어갔고, 등발은 조심스럽게 일어나 그의 뒤를 따랐다.

그 즈음에 오장보는 이미 등발에 대한 모든 조사를 마친 상태였다.

오장보는 등발을 여룡단원들에게 돌려보낸 후에 밀실로 돌아와 설무검과 합류했다.

그리고 얼마 있지 않아 밀실 밖에서 음양문 고수의 공손한 목소리가 들려왔다.

"금호방 수석당주께서 오셨습니다."

"들라 해라."

양슬사신, 즉 부량(扶亮)의 말에 곧 밀실 입구의 석문이 좌우로 열리더니 몇 사람의 모습이 보였다.

앞쪽에는 삼십대 초반의 나이에 홍의 경장을 입었으며, 한 자루 대도를 어깨에 멘 당당한 체구의 청년이 서 있고, 그 뒤에는 호위고수로 보이는 경장고수 다섯 명이 청년을 따라서 들어오려다가 음양문 고수들의 제지를 받고 있었다.

홍의청년의 얼굴은 긴장으로 팽팽하게 굳어 있었다. 그는 빠르게 실내를 훑어보았다. 그는 주영걸 형제와 음양생사신을 발견하고 나서야 굳었던 낯빛이 조금 풀어지는 듯했다. 이어서 그는 뒤쪽의 다섯 고수에게 기다리라는 손짓을 해 보이고는 성큼성큼 안으로 걸어 들어왔다.

밀실의 문이 닫히고, 홍의청년은 탁자 근처까지 다가와 주영걸 형제와 음양생사신 부부에게 두루 포권지례를 하며 정중히 인사를 하였다.

"금호방의 형신이 여러 선배님들께 인사드립니다!"

커다란 범종을 세차게 두드리듯 우렁우렁한 목소리라서 밀실이 꽤나 큰 데도 불구하고 실내가 마구 울렸다.

또한 흑룡보주 형제와 음양문주 부부라는 걸출한 인물들 앞인데도 불구하고 추호도 주눅이 들지 않은 당당한 태도였다.

홍의청년이 바로 죽은 금호방주의 둘째아들인 산예도(狻猊刀) 형신이었다.

슥!

주영걸이 일어나 옷매무새를 단정히 한 후 경건한 몸짓으로 두 팔을 뻗어 설무검을 가리켰다.

"형신, 천주께 문후 올리게."

'천주?

그러나 형신은 주영걸의 말뜻을 금세 이해하지 못하고 약간 의아한 표정을 지었다.

즉시 음양문으로 오라는 전갈을 듣자마자 지체 없이 달려온 그에게 주영걸의 느닷없는 '천주'라는 말이 생경하게 들리는 것은 당연했다.

"주 숙부님! 지금 뭐라고 말씀하셨습니까?"

그래서 그렇게 물을 수밖에 없었다.

"중천무림의 천주이신 검신께 문후를 올리라고 말했네."

“…….”

형신은 두 번씩이나 ‘천주’라는 말을 듣고도 말귀를 알아듣지 못할 정도로 아둔패기가 아니다.

그는 퍼뜩 정신을 차리는 것 같더니, 곧이어 온몸이 팽팽하게 경직되며 중인의 모습을 한 사람씩 차근차근 살피기 시작했다.

이윽고 그의 시선이 모자를 벗은 채 꼿꼿하게 앉아 있는 설무검에게 고정되었다.

그는 눈을 껌뻑거리면서 한참 동안이나 설무검을 주시했다. 아니, 눈에 불을 켜고 쏘아보았다. 그러더니 어느 한순간 마침내 눈을 화등잔처럼 커다랗게 뜨면서 얼굴 가득 경악을 떠올리고, 벼락을 맞은 듯 몸을 부르르 떨었다.

그는 예전 이십대 초반 때 부친 금호도패왕 형곤을 따라서 중천군림성에 갔다가 두어 차례 절대자 검신의 존안을 뵌 적이 있었다.

“정… 말 천주시군요!”

그는 중얼거리면서 자신의 의지가 아닌, 무엇인가에 이끌리듯이 그 자리에 엎드리며 머리를 조아렸다. 부복을 하는 짧은 시간이지만 수많은 생각들이 그의 머릿속에서 교차하고 명멸했다.

“마땅히 속하의 아비와 형이 천주께 문후를 드려야 하오나 지금은 그들이 죽고 없는지라 속하가 대신 문후 올림을 용서하십시오."

그는 아비와 형이 죽었다고 하소연하지도 않고, 오히려 그들이 인사드리지 못하는 것에 대해서 용서를 빌었다. 그리고는 납작하게 엎드려 있는 거구의 몸을 가늘게 떨고 있을 뿐이었다.

"일어나라."

형신은 얼굴을 바닥에 밀착시키고 있었지만, 그것이 설무검의 목소리라는 것을 알고 조심스럽게 일어섰다. 하지만 감히 설무검을 쳐다보지 못하고 눈을 내리깔았다.

"너는 예전보다 더욱 산예(狻猊) 같은 모습이 되었구나."

"황송합니다."

형신은 허리를 깊숙이 굽혔다. 예의상 그러는 것이 아니라 설무검의 '산예' 라는 말에 불현듯 옛날 생각이 나서 콧등이 시큰해졌기 때문이다.

형신이 부친을 따라 처음 중천군림성에 갔다가 절대자를 알현하는 자리에서, 절대자는 형신을 보더니 마치 '산예' 처럼 용맹한 모습이라고 칭찬을 했었다.

바로 그날부터 형신은 자신의 별호를 아예 '산예도' 라고 고쳐 버렸었다.

전설이 말하기를, 용(龍)에게는 아홉 명의 자식이 있다고 하는데, 그들을 용생구자(龍生九子)라 하고, 그중에서 여덟째 자식이 곧 '산예'이다.

사자 산(狻)에 사자 예(猊), 사자를 가리킨다. 용맹스럽고 헌앙한 사자의 형상을 하고 호랑이와 표범을 잡아먹는다고 알려졌으며, 석가모니를 겁이 없는 사자에 비유하여 부처의 상징으로 여긴다.

"앉아라."

"속… 하가 어찌 감히……."

형신은 펄쩍 뛰었으나 주영걸 형제와 음양생사신이 앉아 있는 것을 보고 뭔가 깨달은 듯한 표정을 짓고는 조심스럽게 주영풍 옆에 앉았다.

모두들 꼿꼿한 자세로 설무검이 말을 하기를 기다렸다.

"나는……."

이윽고 설무검이 조용한 어조로 입을 열었다.

모두들 바짝 긴장한 채 설무검을 주시했다.

그들과는 달리 말을 잇는 설무검의 얼굴은 평온했다.

"나를 배신했던 자들을 응징할 생각이다."

평온한 표정과 목소리와는 달리 그의 심장은 활화산처럼 분노로 이글거리고 있었다.

설무검을 가장 가까이에서, 가장 오랫동안 모셨던 난정이 조심스럽게 물었다.

"주군께선 달리 복안을 갖고 계신가요?"

설무검은 가볍게 고개를 끄덕였다.

"배신자들에게 어울리는 복수는 역시 측근에 의한 배신이 제격이겠지."

"아!"

난정이 탄성을 터뜨렸다.

그녀를 비롯한 모든 사람들은 설무검을 배신했던 자들이 자신들의 측근에 의해서 배신을 당하는 나름대로의 상상을 하면서 통쾌한 표정을 지었다.

문득 설무검은 주영걸 형제와 음양생사신, 형신을 차례로 보면서 의미있는 말을 했다.

"계획을 실행에 옮기기 전에 집안 단속부터 철저히 하게."

모두들 그 말뜻을 단번에 알아차렸다.

중천무림 내에 있는 수백 개 방, 문파에는 셀 수 없이 많은 세작(細作:첩자)들이 우글거리고 있다.

그것은 중천무림뿐만이 아니라 남천이나 북천이든 다 똑같은 상황이었다. 수많은 종류의 이해득실이 거미줄처럼 복잡하게 얽혀 있는 무림계의 생리상 어쩔 수 없는 현상이었다.

상대 방, 문파에서 무슨 일을 꾸미고 있는지, 어떤 일이 벌어지고 있는지를 알아야지만 이쪽에서 더 유리한 고지를 선점할 수 있다는 것은 상식 중에서도 상식이다. 그렇기 때문에

그런 정보들을 신속하고도 정확하게 알려줄 수 있는 세작이
필요한 것이다.

그렇다고 이쪽의 사람을 상대 방, 문파에 잠입시켜서 정보
를 캐내오는 따위의 어수룩하고도 위험천만한 짓은 어쩔 수
없는 상황이 아니고는 사용하지 않는다.

가장 많이 사용되고 있는 방법이 상대 방, 문파 내의 요직
에 있는 인물을 매수, 포섭하는 것이다. 그 방법이야말로 가
장 안전하고 또 정확해서 아득한 옛날부터 무림계는 물론이
고, 상계와 정계, 국가 간에도 비일비재하게 행해지고 있다.

설무검의 말은 음양문이나 흑룡보, 금호방 내에 반드시 있
을 세작들을 색출, 처리하라는 것이었다. 그것은 설무검과 그
를 따르는 무리들이 복수라는 대업을 개시하기 전에 반드시
해결해야만 하는 과제였다.

옛말에도 길에 가로놓인 가시덤불은 걷어치워야 하고[世路
之棄蕪當剔], 마음에 막힌 것은 반드시 열어젖혀야 한다[人心之
茅塞須開]라고 했다.

설무검은 자신의 좌우에 앉아 있는 단랑과 염탕, 오장보를
가리키며 지시했다.

"내 아우들이 계획의 골격을 알고 있으니 자네들과 잘 상
의하도록 하게."

그 말을 끝으로 그가 일어나 입구로 걸어가자 양궁표가 뒤

따르고 모두들 우르르 일어섰다.

"속하가 모시겠습니다!"

형신이 재빨리 설무검에게 가까이 다가와 허리를 굽혔다.

"너는 금호방을 잘 이끌어야 하고 또 나를 위해 머지않아 달리 중요한 일을 해야 할 터이니, 호위 같은 것은 신경 쓰지 마라."

금호방을 이끌어야 한다는 설무검의 말에 형신의 표정이 금세 어두워졌다. 부친과 형이 살수에게 연이어 비참한 죽임을 당한 일이 생각났기 때문이었다.

설무검은 형신의 어깨에 손을 얹었다.

"나는 네 부친을 죽이라고 청부한 자가 누군지 알아내어 잡아서 죽일 생각이다."

형신은 몸을 부르르 떨다가 더욱 깊이 허리를 굽혔다.

"그자를 잡아서 죽일 때 속하에게도 그자의 몸에 칼질을 할 수 있는 기회를 주십시오!"

"그러마."

설무검은 고개를 끄덕이고는 밀실 밖으로 나가면서 양슬 사신 부량에게 따라 나오라는 손짓을 해 보였다.

밀실 밖 복도에서 설무검은 밀실 위쪽을 가리키면서 부량에게 전음으로 일러주었다.

"밀실 천장 위 북쪽에 쥐새끼 한 마리가 숨어 있네."

부량은 움찔 놀라 설무검이 가리키는 방향과 그의 얼굴을 번갈아 쳐다보았다.

밀실은 사방과 바닥, 천장 모두 두께 한 자 정도의 두꺼운 석벽이다. 그런데 설무검이 그 너머에 숨어서 엿듣고 있는 암중인의 존재를 간파했다고 하니 부량은 놀라움을 감추지 못했다.

설무검과 양궁표가 원앙각을 나서자 돌계단 아래 질서 있게 정렬해 있던 삼십이 명의 여룡단원들이 등발의 지휘 아래 재빨리 달려와 두 사람의 뒤를 따랐다.

여룡단원들은 설무검이 원앙각 안에 들어가 있는 동안 흐트러진 자세로 휴식을 취하고 있을 법도 한데, 모두들 대열을 지킨 채 꼿꼿하게 서서 기다리고 있었다. 아마도 등발이 쉬고 있는 수하들을 호되게 몰아친 것 같았다.

등발은 자신과 수하들이 중천무림의 천주를 수호하는 호위대가 되었다고 생각했다. 그렇다면 호위대는 모름지기 그에 걸맞는 품격을 지녀야만 한다는 것이 그의 생각이었다. 그러기 위해서 등발은 자신은 물론 수하들을 호되게 다그칠 각오였다.

설무검의 뒤를 바짝 따르고 있는 등발의 두 눈에서는 번갯불 같은 안광이 번뜩거렸다. 중천의 절대자를 호위하는 중책을 맡고 있다는 무한한 자긍심과 책임감 때문이었다.

　그렇지만 아무것도 모르는 삼십이 명의 여룡단원들은 이유도 없이 자신들을 빡세게 몰아붙이는 등발이 원망스러울 따름이어서 있는 힘껏 그의 뒤통수를 노려보는 정도로 속을 달래고 있었다.

　땅거미가 깔리기 시작한 낙양성 대로를 중천오충의 하나인 흑룡보 소속 고수들이 질서 있게 삼열을 지어 보무도 당당하게 걸어가고 있었다.

　지나던 행인들은 소 건너는 웅덩이에 파리 떼 흩어지듯이 놀라서 분분이 길을 열어주기에 바빴다. 또한 좌우 대로변의 상점에서 많은 사람들이 고개를 빼고 신기한 듯 그 광경을 구경하였다.

　흑룡보 고수들은 다름 아닌 설무검을 호위하고 있는 여룡단원들이었다.

　등발이 가장 선두에서 날카로운 눈빛으로 전면과 좌우를 쏘아보며 규칙적인 걸음으로 걸었다. 그 뒤를 제일조가 두 줄로 뒤따랐으며, 그리고 중간에 설무검과 양궁표가, 맨 뒤에 이조와 삼조가 역시 두 줄로 뒤따르는 위풍당당한 광경이었다.

　중천사세나 중천칠지파의 고수들이 대오를 지어 성내를 활보하는 광경은 자주 눈에 띄는 일이다. 하지만 육 년 전부터 권세에서 밀려난 중천오충 고수들이 그러는 것은 보기 드문 광경이었다. 그렇지만 그다지 이상하거나 어색한 광경은 아니었다.

그러나 등발이나 조장들, 그리고 몇몇 나이든 단원들을 제외하고는 대부분 처음 경험해 보는 거리 행진이었다. 경험이 있는 축들도 육 년여 전에 흑룡보가 위세를 떨칠 때 여보라는 듯이 자주 행진을 해봤으니 실로 오랜만의 행진인 셈이었다.

그래서인지 여룡단원들은 음양문을 나서기 전의 짜증스러움과 힘겨움, 등발에 대한 원망 같은 것은 모두 잊어버리고, 두 팔과 다리를 힘껏 뻗으면서 의기양양함을 한껏 만끽하는 분위기였다.

아니 할 말로, ‘명예’라는 것에 대해서는 별달리 생각해 본 적도, 경험해 본 적도 없는 삼류고수들이 비로소 진정한 명예의 꿀맛을 조금쯤 알게 되어 서로 가예치성(假譽馳聲)하는 광경이었다.

설무검은 여룡단주의 복장에 챙이 넓은 모자를 썼으며, 육 년 동안 많이 변한 얼굴이었으므로 그를 알아보는 사람은 아무도 없었다.

흑룡보 여룡단주의 복장을 한 채 요란한 행진 한가운데에서 걸어가는 그를 예전 중천의 절대자라고 생각하는 것은 신밖에 없을 터이다.

그의 옆을 바짝 따르고 있는 양궁표는 원래 이곳 사람이 아니므로 거리낄 것이 없었다.

지금 설무검은 낙양성 남쪽에 있는 지란루(芝蘭樓)라는 기루를 찾아가는 길이다.

지란루는 낙양성 내에서 가장 크고 유명한 기루 중에 하나로써, 봉황단이 보유하고 있는 백봉령루 중에 서열 다섯 번째, 즉 오봉령루(五鳳令樓)다. 그곳에 봉황단주인 신봉황이 와 있으며, 그녀가 설무검을 만나고 싶어한다는 전갈을 받고 가는 중이다.

신봉황이 설무검 편이 되어준다면, 봉황단이 그의 눈과 귀 역할을 톡톡히 해줄 것이다. 과거 천하제일의 정보망과 소식통을 자랑하던 개방보다 최소한 서너 배 이상 방대하다고 정평이 나 있는 것이 봉황단의 정보망이다.

일전에 경붕현의 만화루주인 보화를 통해서 신봉황에게 설무검의 친필 서찰을 보내게 했었고, 다시 신봉황을 낙양으로 불러들였다.

순전히 설무검의 필요에 의해서다. 신봉황에게 사심이나 음심 따윈 있을 리가 없다.

육 년 전의 조금쯤은 허랑방탕했던 설무검이었다면, 그리고 그의 곁에 설란후라는 요부(妖婦)가 없었더라면, 굳이 신봉황이 구애를 하지 않았더라도 설무검이 먼저 그녀에게 손을 뻗었을지도 모르는 일이었다.

사실 신봉황은 여러 면에서 설란후보다 뛰어난 여자, 아니, 소녀였고 좋은 조건을 갖추고 있었다. 설무검이 설란후가 아닌 신봉황을 먼저 알았더라면, 최측근들에게 배신을 당하는 일도, 일점혈육인 설영을 잃는 일도 없었을 것이다.

더구나 중천무림의 절대자와 봉황단이 속한 사령단이 사돈지간이 된다면 그 위세와 세력을 가히 뉘라서 흉내라도 낼 수 있겠는가.

그러나 설무검은 한 번 맺은 인연을 결코 쉽게 버리는 성격이 아니었다. 그래서 그즈음 설란후가 조금 이상한 행동을 보였어도 그녀에 대한 절조(節操)를 지켜주었던 것이다.

"대형, 소인입니다."

설무검이 생각에 잠겨 걷고 있을 때 현조운의 전음성이 그의 고막을 나직이 흔들었다.

설무검은 쳐다보지 않고서도 현조운이 오른쪽 인파 속에 파묻혀 사 장 거리에서 같은 방향으로 나란히 걸으면서 전음을 보내고 있다는 사실을 간파했다.

"만화루주로부터 급보입니다. 사람을 찾았다고 합니다."

그 순간 늘 깊게 가라앉아 있던 설무검의 두 눈이 가볍게 빛을 발했다.

"어디냐?"

"낙수 강변의 선화루(鮮華樓)에서 미향(美香)이라는 기녀를 찾으십시오."

현조운의 전음은 거기에서 잠시 끊어졌다. 설무검의 하회를 기다리는 것이다.

"조운, 신봉황에게 선화루로 오라고 전해라."

지금 설무검에게는 신봉황을 만나는 것보다 미향이라는 기녀를 만나는 것이 우선이었다.

"명을 받들겠습니다."

설무검은 현조운이 사라져 가는 흐릿한 파공음을 들으면서 등발을 불렀다.

"등발, 이리 오너라."

등발은 화들짝 놀라더니 쏜살같이 달려와 설무검 앞에 무릎을 꿇으려고 했다.

"으으……."

그런데 갑자기 무릎이 굽혀지지 않았다. 뿐만 아니라 허리도, 고개도 숙여지지 않았으며 끝내는 설무검 앞에 뻣뻣하게 서 있게 되었다.

마치 온몸이 보이지 않는 동아줄로 칭칭 감긴 것처럼 꼼짝도 할 수가 없어서 혼이 달아날 정도로 놀랐다. 그래서 그는 순간적으로 자신의 몸이 잘못된 것일지도 모른다는 생각이

들었다.

그가 눈알만 데룩데룩 굴리면서 조심스럽게 쳐다보자 뒷짐을 진 채 서 있는 설무검이 가볍게 고개를 끄덕였다.

그제야 등발은 설무검이 무형지기를 뿜어내서 자신이 무릎을 꿇지 못하게 했다는 사실을 깨닫고 크게 감탄하는 한편 안도의 표정을 지었다.

"낙수 강변의 선화루로 안내해라."

"네… 넵! 알겠습니다!"

설무검의 나직한 명령에 등발은 펄쩍 뛰듯이 대답했다.

그 순간 꼼짝 못하게 옭아맸던 무형지기에서 풀려났다는 것을 깨달은 그는 쏜살같이 선두로 달려가 빠른 걸음으로 무리를 인도하기 시작했다.

그는 이마에서 흐르는 땀을 닦아내면서 다시 한 가지 사실을 깨달았다.

'그렇지! 지금 천주께선 여룡단주의 신분이시다! 일개 단주에게 부복을 하는 수하란 없는 것이다! 알았느냐? 등발, 이 밥통 같은 놈!'

겨울 해는 짧아서 유시(酉時:저녁 6시)가 되니 이미 주위가 어두워졌다.

선화루에 도착한 설무검은 등발과 여룡단원들에게 흑룡보

로 돌아가서 쉬라고 지시한 후 양궁표만을 대동한 채 기루 안으로 들어갔다.

아직 초저녁인데도 불구하고 기루 안은 제법 활기를 띠기 시작하고 있었다.

모두 삼층인 기루 건물 위쪽 여기저기에서 뚱땅거리는 풍악 소리와 손님들의 웃음소리, 그리고 기녀들의 간드러진 교소가 왁자하게 들려왔다.

“어서 오세요.”

기루의 접주(接主)인 듯한 사십여 세가량의 살집이 흐벅지고 인상이 좋아 보이는 여인이 들어서고 있는 설무검과 양궁표에게 다가오면서 반가이 맞이했다.

“흑룡보의 단주님께서 본 루에 오시는 것은 참으로 오랜만의 일이로군요. 혹시 두 분께서는 마음에 두고 계신 기녀라도 있으신가요?”

그녀는 설무검의 복장을 한 번 보고는 그의 신분을 단번에 알아보았다. 과연 산전수전 두루 겪은 기루의 접주다운 안목이었다. 내우외환(內憂外患)을 겪고 있는 흑룡보 수하들이 기루 같은 곳을 자주 찾을 리가 없었다.

접주는 오랜만에 기루에 온 흑룡보 사람이 정말 반갑다는 사실을 믿을 수밖에 없게 만드는 후덕한 미소를 지으면서 설무검과 양궁표를 계단으로 안내했다.

“미향을 불러주겠소?”

설무검은 이 일을 될 수 있는 대로 몇 마디 말과 돈으로 해결하려는 생각을 하고 있었다. 그리고 별일이 생기지 않는 한 그렇게 될 것이라고 여겼다. 기루에서 기녀 한 명을 빼내는 간단한 일인데 그 이상 무엇이 더 필요하겠는가.

그런데 뜻밖에도 접주가 곤란하다는 표정을 지었다. 일은 그때부터 꼬이기 시작했다.

“지금 미향은 단골손님과 함께 있어서 곤란해요. 다른 아이를 불러드리면 안 될까요? 본 루에서 자랑하는 아이들을 대령하겠어요.”

접주는 그 정도면 이 손님들이 충분히 양보를 할 것이라고 낙관하는 것 같았다. 기루의 기녀하고 특별한 인연을 맺은 것이 아닌 바에야 양보를 하지 못할 것도 없었다. 더구나 그래 봐야 단주 나부랭이가 아닌가.

“미향이어야 하오.”

일개 단주 나부랭이 설무검은 계단을 오르던 걸음을 멈추고 조용한 어조로 못을 박았다.

“손님, 미향은 좀…….”

접주의 곤란하다는 표정이 난감함으로 바뀌었다. 그러나 난감한 체하는 것일 뿐이다.

여차하면 강하게 나가겠다는 의도가 깔려 있었다. 단주 따위는 한참 눈 아래로 보는 그녀였다.

양궁표는 설무검이 신봉후를 만나러 지란루로 가는 줄 알고 있다가 영문도 모른 채 이곳 선화루로 따라왔다. 그렇지만 그는 원래 설무검에 대해서는 추호도 의문 같은 것을 품지 않는다.

"어떻게든 미향을 데리고 오시오. 사례는 하겠소."

"곤란합니다. 부디 이해해 주세요."

설무검이 그렇게까지 말하는 데에도 접주는 교육을 잘 받은 사람인 듯 얼굴을 찌푸리지 않으려고 애쓰면서 오히려 정중히 허리를 굽혔다.

설무검은 신봉황이 오기 전에 이 일을 해결하고 싶었다. 신봉황은 천하의 모든 기루들, 즉 온유향의 여황(女皇)으로 군림하고 있다. 그러므로 그녀가 이곳에 오기를 기다리기만 하면 이 일은 간단하게 해결될 것이다.

그렇지만 설무검은 이 일에 신봉황의 손을 빌리고 싶지 않았다. 이것은 가족의 일이기 때문이다.

"미향은 어디에 있소?"

설무검의 물음에 접주의 눈동자가 재빨리 한 곳으로 향했다가 원래대로 되돌아왔다.

갑작스런 물음에 부지중 본능적으로 미향이 있는 곳을 쳐다본 것이다.

하지만 설무검의 눈을 피할 수는 없었다. 그것을 노리고 물었기 때문이다.

그는 망설임없이 즉시 이층 낭하를 성큼성큼 걸어가 방금 접주가 쳐다봤던 방으로 향했다.

순간 접주가 움찔 당황하는 것 같더니 곧 냉랭하게 외쳤다.

"멈춰요!"

그러나 그 정도로 멈출 설무검이라면 처음부터 이곳에 오지도 않았다.

결국 접주는 설무검을 만만하게 다루어서는 안 되겠다는 결정을 내렸다. 그녀는 기루 내 몇 군데에 상시 배치되어 있는 호위무사들을 향해 신호를 보내고 난 후 빠르게 설무검을 뒤따랐다.

호위무사들 십여 명이 기다렸다는 듯이 쏜살같이 달려왔다.

폭 일 장 가량의 낭하 한복판을 양궁표가 두 다리를 약간 벌린 채 우뚝 버티고 서서 가로막았고, 그의 뒤쪽에서 설무검은 거침없이 계속 걸어갔다.

뒤따르던 접주는 양궁표와 일 장 거리를 두고 멈춰 서서 호위무사들이 당도하기를 기다리며 양궁표에게 초조하고도 빠른 어조로 주의를 주었다.

"미향과 함께 계신 분은 대승방(大乘幇)의 총관이에요. 경을 치기 전에 어서 저 사람을 말리세요.”

양궁표는 철탑처럼 우뚝 서서 꿈쩍도 하지 않았다. 아예 귀머거리 같았다.

접주는 답답하다는 표정을 지었다. 그녀는 선화루의 접주로서 중천무림의 한복판인 낙양성 내의 돌아가는 판도를 누구보다 잘 파악하고 있었다.

대승방은 막강한 중천칠지파의 한 방파로써 떠오르는 신성(新星)에 비교한다면, 흑룡보는 중천오충의 하나로 한참 저물고 있는 별이라고 할 수 있다. 더구나 흑룡보의 일개 단주가 대승방의 총관을 건드린다는 것은 누가 봐도 자살 행위나 다름이 없었다.

“당신들 두 사람의 목숨이 문제가 아니라, 자칫하면 흑룡보와 대승방의 싸움으로 걷잡을 수 없이 커질 수도 있어요. 내 말을 알아듣지 못하는 거예요, 당신? 정말 그렇게 되기를 원하는 건가요?”

접주는 어느새 방문 앞에 다다른 설무검을 힐끗 보고 나서 그와 양궁표 모두 들으라는 듯 약간 언성을 높여 마지막 경고를 해주었다.

그러나 마이동풍, 설무검이 거침없이 방문을 열고 들어간 것과 십여 명의 호위무사들이 양궁표에게 덮쳐 간 것은 거의 동시였다.

차창!

호위무사들이 일제히 어깨의 도검을 뽑으면서 양궁표에게 덮쳐 가며 공격을 퍼부었다.

폭이 일 장밖에 안 되는 좁은 낭하인데도 그들의 공격은 부딪침도, 중복 공격도 없이 일사불란했다. 그로 미루어 어중이 떠중이는 아닌 것 같았다.

사실 선화루는 원래 설무검이 가려던 지란루가 낙양 인근 삼백여 리 이내에 거느리고 있는 다섯 개의 분타급 기루 중 한 군데였다.

백봉령루는 지부급인 십오봉령(十五鳳靈)과 분타급인 팔십오봉추(八十五鳳雛)로 이루어져 있다. 그리고 하나의 지부가 대여섯 개씩의 분타를 거느리고 있는 것이 보통이다.

전술(前述)했듯이, 백봉령루에는 봉황단이 키운 호위무사들이 수십 명씩 상주하고 있는데, 그들의 무위는 무림의 이류 고수 정도 수준이었다.

그러므로 접주는 십여 명의 호위무사들이 일개 단주의 호위인 양궁표를 당해내지 못할 것이라고는 추호도 생각하고 있지 않았다.

그러나 그녀의 그런 생각이 송두리째 뽑혀 날아가기까지는 채 다섯 호흡도 걸리지 않았다.

평소에 잘 훈련된 호위무사들이고, 또 십여 명이나 되지만 양궁표에게서 파도처럼 쏟아져 나오는 희대의 권각비공인 겁풍작뢰권을 당해낼 수는 없었다.

슈슈슈슉!

양궁표는 굳이 구궁표류연을 전개하지도, 각퇴술을 사용하지도 않았다.

그럴 필요까지는 없었다. 단지 상체를 이리저리 가볍게 흔들면서 호위무사들이 휘둘러 오는 도검을 피하면서 두 주먹을 전광석화처럼 뻗어냈다.

퍼퍼퍼퍼퍽!

"흑!"

"큭!"

"억!"

가볍고 둔탁한 열 마디의 음향과 신음성이 거의 한순간처럼 연이어 터져 나왔다.

그리고는 덮쳐 들던 십여 명의 호위무사들은 그 자리에 풀썩풀썩 쓰러졌다.

호위무사들은 주먹에 적중되면서 반탄력에 의해 뒤로 튕겨져 날아가지 않았다. 그저 덮쳐 가던 위치에서 그대로 바닥에 쓰러졌다.

양궁표가 두 주먹에 최소한의 공력만을 주입하여 주먹에 적중된 호위무사들이 튕겨 날아가지 않고 그 자리에 쓰러져

서 혼절을 할 정도로만 조절을 했기 때문이다.

접주는 단지 양궁표에게서 무수한 주먹들이, 아니, 주먹의 그림자들이 번뜩이는 것만 보았을 뿐이었다. 그런데 다음 순간 십여 명의 호위무사들이 모조리 거꾸러졌으니 크게 놀라서 눈을 부릅뜨고 입을 딱 벌린 채 망연자실한 표정을 짓고만 있었다.

양궁표는 천천히 몸을 돌려 걸음을 옮기더니 설무검이 들어간 방문을 등지고 우뚝 섰다.

第六十一章
양연화(梁蓮花)

방 안으로 들어선 설무검의 눈이 재빨리 실내를 훑었다.

크고 넓으며 화려한 실내에는 이십여 명의 사람들이 바글거리고 있었다.

한복판에는 알몸에 잠자리 날개처럼 얇은 나삼만을 걸친 다섯 명의 무희들이 풍악에 맞추어 몸을 꼬고 비틀면서 한껏 육감적인 춤을 추고 있었으며, 한쪽 벽을 등지고 다섯 명의 악공들이 연주를 하고 있었다.

그리고 악공이 있는 방향을 제외한 삼면에 다섯 명의 사내들이 다섯 명의 기녀들을 품에 안은 채 질펀하게 술을 마시고 있는 광경이 펼쳐져 있었다.

서로 마주 보는 자세로 두 명씩 네 명의 사내가 있었고, 한 쪽에는 황포를 입은 한 명의 사내가 한 명의 기녀를 무릎에 앉힌 채 그녀의 상체에 얼굴을 파묻은 모습이었다.

설무검의 시선이 마지막으로 머문 곳은 황포인의 무릎에 앉아 있는 기녀의 얼굴이었다.

그녀는 상의가 거의 벌거벗겨진 상태라서 풍만하고 뽀얀 두 젖가슴이 드러난 알몸이나 다름이 없는 모습이었다.

황포인이 그녀의 투실투실한 젖가슴 하나를 메기처럼 커다란 입 안에 미어터질 듯이 집어넣은 채 꾸역꾸역 힘주어 빨아대고 있었다.

기녀는 고개를 모로 꼬고서 얼굴을 잔뜩 찌푸렸는데 쾌감을 느끼기보다는 몹시 아프다는 표정이었다. 또한 그 얼굴에는 처량함과 슬픔, 체념 같은 것들이 두툼한 더께가 되어 덧씌워져 있었다.

다른 네 명의 사내들에게 몸을 내맡긴 채 사내들보다 더 적극적으로 음탕한 짓거리를 일삼고 있는 기녀들하고는 전혀 다른 모습이고 표정이었다.

그들 모두는 얼마나 농탕(弄蕩)한 짓거리에 빠져 있는지 설무검이 들어선 것도 모르고 있을 정도였다.

황포인에게 안겨 있는 기녀의 얼굴에 시선을 고정시킨 설무검의 눈썹이 가볍게 찌푸려졌고 뺨이 씰룩였다.

문득, 그 기녀의 시선이 설무검에게 향했다. 그러자 그녀는 누군가 자신을 보고 있다는 사실 때문에 몸을 움츠리며 수치스러운 표정을 지었다.

그때 설무검이 그녀를 향해 곧장 성큼성큼 걸어갔다.

한창 춤을 추고 있던 무희들은 자신들 한복판을 가로지르는 설무검 때문에 작은 비명을 지르면서 분분이 흩어졌고, 그 바람에 풍악이 멈추었다.

기녀들은 설무검이 자신을 향해 곧장 걸어오자 두려운 표정으로 더욱 몸을 옹송그렸다.

갑자기 풍악이 멈추자 그제야 사내들이 하나둘씩 음분(淫奔)을 중지하면서 고개를 들고 두리번거리다가 설무검을 발견했다.

그즈음에 설무검은 이미 황포인 한 걸음 앞까지 당도해 있었다.

"뭐, 뭐야, 저놈?"

"살수인가? 어서 총관님을 보호하라!"

사내들이 중구난방 소리치는 것과 동시에 안고 있던 기녀들을 팽개치면서 우당탕거리며 분주하게 일어났다. 그러나 몹시 취한 상태라서 제 몸조차 제대로 가누지 못하고 비틀거렸다. 더구나 자신들의 무기를 어디에 벗어놨는지 몰라서 허둥거리며 찾느라 그 꼴이 가관이 아니었다.

"무슨… 엇?"

턱!

소란스러움에 황포인이 어린아이가 젖을 토하듯 입에 하나 가득 물고 있던 젖가슴을 뱉어내고는 고개를 들며 게슴츠레한 눈으로 막 입을 열려 할 때, 설무검의 솥뚜껑처럼 커다란 손이 그자의 머리를 덮어씌우듯 잡았다.

"어엇? 네… 놈은 뭐냐? 이 자식! 감히 내가 누군 줄 알고 이러는 것이냐?"

황포인, 즉 대승방의 총관이 얼굴을 일그러뜨리며 설무검에게 삿대질을 해댔다.

그러나 그는 다음 말을 꿀꺽 목구멍으로 삼켰다. 넓은 챙 아래에서 설무검의 두 눈이 새파랗게 빛나는 것을 발견했기 때문이었다. 총관에게 그것은 저승사자의 눈빛처럼 보였다.

설무검의 악다문 이빨 사이로 으스스한 목소리가 겨울 숲의 삭풍처럼 흘러나왔다.

"버러지 같은 놈!"

이어서 그는 손에 슬쩍 힘을 주었다.

퍼억!

다음 순간 그의 손에 잡혀 있던 총관의 머리가 산산이 으깨지며 터져 버렸다.

검붉은 피와 누런 뇌수가 범벅이 되어 사방으로 튀었고, 비린내가 확 풍겼다.

설무검이 손을 거두자 머리를 잃은 총관의 몸뚱이가 기우뚱하다가 짚단처럼 쓰러졌다.

그렇지만 설무검의 손과 몸에는 한 방울의 피와 뇌수도 묻지 않았다.

“아아······.”

황포인에게 젖가슴을 내맡긴 채 고통스러워했었던 기녀 미향은 잔뜩 겁에 질린 얼굴로 앉은 채 주춤주춤 뒤로 물러나며 몸서리를 쳤다.

돌연한 총관의 죽음에 술이 확 깬 네 사내, 즉 네 명의 대승방 당주들이 앞뒤 잴 것도 없다는 듯 설무검의 배후에서 일제히 덮쳐 가면서 두 명은 도검을 휘두르고, 무기를 찾지 못한 다른 두 명은 장풍을 발출했다.

미향은 우뚝 서 있는 설무검의 뒤쪽 지상과 허공에서 네 명의 당주가 내리꽂히면서 도검을 휘두르고 쌍장을 발출하는 광경을 보면서 두 눈을 커다랗게 뜨고 놀랐다.

그 순간 어찌 된 일인지 미향은 이 정체불명의 키 큰 사내가 다치지 않았으면 좋겠다는 생각이 문득 들었다. 갑자기 왜 그런 당치도 않은 생각이 들었는지는 그녀 자신도 알지 못했다. 아마도 걸핏하면 찾아와서 자신을 밤낮으로 유린하던 대승방 총관을 죽여준 사람이라서 일말의 고마움을 느꼈기 때문인지도 몰랐다.

아니면 불현듯 이참에 저 사내의 손에 죽어버리고 싶다는, 그래서 죄도 한도 많은 생을 마감하고 싶다는 생각이 들었는지도 모른다.

설무검의 오른손이 어깨에 메고 있는 검으로 향했다. 진회색의 투박한 교어피(鮫魚皮)로 만든 검집이 그의 어깨에 메어져 있었다. 손잡이, 즉 검파는 아무런 장식도 없이 그저 먹물을 바른 것처럼 검었고 단지 손에서 미끄러지지 않도록 요철(凹凸)이 있을 뿐이었다.

파앗!

냉막한 표정의 설무검은 뒤를 돌아보지도 않은 채 느낌만으로 발검을 했다.

그저 한줄기 실처럼 가느다란 핏빛 혈선(血線)이 춤을 추듯 곡선을 그리면서 네 당주의 몸과 몸을 한 줄로 연결하는 것 같더니, 혈선이 찰나지간에 점점 굵어지다가 한순간 뚝 끊어지며 사라져 버렸다.

척!

설무검의 검은 처음부터 발검하지 않은 것처럼 검집으로 돌아와 꽂혔다.

그리고 다음 순간 경악할 일이 벌어졌다.

파아아!

실내의 한쪽 벽과 맞은편 벽에 걸쳐서 하나의 아름다운 무지개가 피어났다.

그런데 그것은 흔히 보는 일곱 색깔이 아닌 한 가지 색깔의 무지개였다.

혈예(血霓), 핏빛 무지개였다.

아니, 어쩌면 혈무(血霧), 피의 안개인 것 같기도 했다.

하지만 그것은 나타날 때보다 더 빨리 사라져 버려서 마치 착각 같았다.

스우우.

그리고 다음 순간, 검에 찔리고 벤 상태에서 숨이 끊어진 채 아직 서 있거나 허공중에 떠 있는 네 당주들의 몸이 순식간에 수축되기 시작했다. 아니, 수축된다고 여긴 순간 뼈만 앙상하게 남은 목내이(木乃伊:미이라)로 돌변해 버렸다.

퍼퍼퍼퍽!

그리고 그들의 몸뚱이가 바닥과 충돌하는 순간 완전히 산산조각 박살이 나버렸다. 바닥에 어지럽게 흩어져 있는 것은 깡그리 불에 타버리고 남은 재 같았다. 그 재에는 반 움큼의 물기조차 남아 있지 않았다.

바닥에는 그들이 입고 있었던 옷과 두 자루 도검만이 덩그랗게 놓여 있을 뿐이었다.

이것이 바로 혈마룡검의 소름 끼치는 저주였다. 검이, 아니, 검기가 네 당주를 베고 찌른 순간, 그 부위가 어디가 됐든 그곳을 통해서 온몸의 피가 순식간에 뿜어져 나와 혈마룡검에 흡수된 것이다. 몸속에 피가 한 방울도 남지 않은 시체가 재처럼 흩어져 버린 것은 당연한 일이다.

기녀들과 무희들, 악공들은 혼비백산한 표정으로 바닥에 주저앉아 아무도 움직이지 않았다. 그녀들은 지금 자신들이 악몽을 꾸고 있다고 여겼다.

"아아……."

미향은 사색으로 변해 온몸을 부들부들 떨면서 죽은 총관의 몸뚱이와 바닥에 흩어져 있는 재들을 번갈아 보다가 두 눈을 와락 감아버렸다. 눈으로 보지 않으면 조금이라도 공포가 덜할 것 같아서였지만 눈을 뜨나 감으나 매한가지였다.

설무검은 그런 미향을 눈에 잔뜩 힘을 주고 또한 깜빡이지도 않으면서 묵묵히 굽어보았다. 겁에 질려 있는 미향의 얼굴에서, 몸에서, 그리고 가녀린 떨림에서 그녀가 지난 세월을 어떻게 치열하게 살아왔는지 읽어내려는 필사적인 노력 같았다.

미향은 이 저승사자 같은 사내가 자신마저도 죽일 것이라고 생각했다. 하지만 죽는 것은 추호도 겁나지 않았다. 사랑하는 사람들과 강제로 이별을 당한 후부터 죽음이란 늘 친구처럼 그녀의 곁에 머물러 있었다.

그녀에게는 세상이나 삶에 미련 같은 것은 한 올도 남아 있지 않았다. 다만 말로는 설명하기 어려운 미련이, 그리고 어떤 사람에 대한 그리움이 조금쯤, 가슴속에 앙금처럼 조금 쌓여 있을 뿐이었다.

그때 저승사자 같은 사내가 나직한 목소리로 미향에게 뭐라고 말을 했다. 그러나 미향은 그게 무슨 말인지 제대로 알아듣지 못했다. 귓속에 공기가 잔뜩 들어가 부풀어 있는 것처럼 먹먹했고, 머릿속이 온통 누렇게 텅 비어 있는 상태였으니 무슨 말인들 들리겠는가.

사내가 이번에는 조금 더 큰 소리로 한 자 한 자 또렷하게 다시 말을 했는데, 미향은 그것 역시 한마디도 알아듣지 못했다. 단지 깊은 산속에서 누군가 외친 소리가 메아리처럼 웅웅거리는 듯한 느낌만 받았을 뿐이다.

미향은 저승사자 같은 사내가 혹시 자신에게 하는 말이 아닐까 싶어서 살며시 눈을 떴다. 과연 그는 미향을 굽어보고 있었다. 그리고 세 번째로 역시 똑같은 말을 했다.

"연화."

미향은 조심스럽게 사내를 올려다보았다. 방금 그가 한 말은 어디에선가 들어본 듯한 말, 아니, 이름이었다.

이번에는 사내가 몸을 굽혀 한쪽 무릎을 꿇고 그녀를 바라보면서 천천히 쓰고 있던 모자를 벗었다.

그가 한껏 자세를 낮추었는데도 그는 미향보다 머리 두 개쯤은 더 컸다.

"연화, 나 설무검이오. 못 알아보겠소?"

미향은 눈을 한 번도 깜빡거리지 않으면서 뚫어지게 사내를 바라보았다.

그 순간 신기하게도 고막에 가득 찼던 팽팽한 공기가 순식간에 빠져나가고, 누렇게 텅 비어 있던 머릿속이 차츰 원상태를 회복하기 시작했다.

사내가 미소를 지었다. 강팍하고 드센 얼굴 모습과는 달리 포근하고 부드러운 미소였다.

그 미소가 미향의 동공 속으로 스며들어 그녀의 혈맥을 타고 온몸을 돌면서 꽁꽁 얼어서 굳게 닫혀 있던 과거로의 문을 사붓사붓 녹이며 열어놓기 시작했다.

마치 겨우내 얼어 있던 호수가 이른 봄에 해빙되면서 소리를 내듯 미향의 머릿속과 가슴속에서 쩡! 쩡! 거리는 소리가 터져 나왔다.

사내의 입이 조금 더 온화한 미소를 지으면서 그 입술 사이로 잔잔한 목소리가 새어 나왔다.

"흑풍채에서 그대가 밤마다 갖다 주었던 밤참을 먹으면서 수련을 했던 설무검이오. 날 모르겠소?"

그 순간 미향은 부르르 몸을 떨면서 자신도 모르게 두 눈을
와락 감았다.

신비로운 달빛이 내리비추던 삼나무와 전나무가 우거진
숲 속 어느 나무 뒤에 다소곳이 숨어 있는 한 여자의 모습이
망막 위로 살포시 떠올랐다. 그 여자의 손에는 보자기를 덮은
쟁반이 들려 있었고, 그 쟁반에는 그녀가 마음속으로만 깊이
사랑하고 있는 한 사내가 맛있게 먹을 밤참이 담겨 있었다.
순진무구한 여자의 시선이 멈춘 곳에는 한 명의 키가 크고
거쿨진 모습의 사내가 웃통을 벗은 채 왼팔에는 시커먼 철갑
을 차고, 두 손으로 거무튀튀한 대검을 잡은 채 비지땀을 흘
리면서 열심히 수련을 하고 있었다.
그녀는 사내의 얼굴을 보면서 수줍은 표정으로 한 가지 상
상을 하고 있었다. 평생 죽을 때까지 저 사내만을 말없이 따
르면서 그를 위한 요리를 하고 또 빨래를 할 수만 있다면, 그
리고 운명이 허락한다면 그를 닮은 아기도 낳고 싶다. 되도록
많은 아이를 낳아 대가족을 꾸려 한시도 웃음이 그치지 않는,
그런 다복한 가정을 만들고 싶다는 상상이었다.
그때 얼굴과 상체가 땀으로 범벅된 사내가 힐끗 여자를 쳐
다보았다.
여자는 자지러지게 놀라서 황급히 나무 뒤로 숨었다.

잠시 후, 여자는 더욱 소스라치게 놀라고 말았다. 사내가 바로 뒤에 다가와 물끄러미 자신을 바라보고 있는 것을 발견했기 때문이다.

사내는 표정이 없었다. 강파른 얼굴에 툭 불거진 광대뼈, 그리고 왼쪽 뺨에 비스듬히 새겨진 검흔.

사내는 무표정하게 여자를 굽어볼 뿐이었다.

미향은 눈을 뜨고 깜빡이면서 눈앞의 사내를 바라보았다.

그때의 무표정한 모습과는 달리 지금 이 사내는 더없이 부드러운 미소를 떠올리고 있었다.

문득 미향의 희고 여윈 손이 조심스럽게 사내의 얼굴을 향해 다가갔다. 그리고 그의 뺨을 가만가만 더듬었다. 굴곡이 많고 거칠면서 투박한 얼굴. 예전에는 한 번도 만져 본 적이 없는 얼굴이었다.

그녀의 손가락 끝에서 사내의 뺨에 새겨진 검흔이 느껴졌다. 그리고 그 검흔이 새겨졌을 때의 아픔이 손가락 끝을 타고 그녀에게 고스란히 전해졌다.

"당신……."

이윽고 바싹 메마른 미향의 입술 사이로 미약한 중얼거림이 흘러나왔다. 그녀는 이름보다도 사내의 얼굴을 더 먼저 알아보았다.

사내의 얼굴이 웃고 있다. 두 눈이 봄볕보다 더 따사롭게 미소 짓고 있다.

미향은 예전에 이 사내가 웃거나 미소 짓는 것을 한 번도 본 적이 없었다. 그래서 그 시절에는 그가 웃는 모습을 한 번만이라도 봤으면 좋겠다는 작은 소망을 가슴속에 품고 있었다. 그의 미소를 보기 위해서 더 열심히, 더 정성껏 그를 섬기리라 다짐했었다.

미향의 얼굴이 씰룩였다. 미소를 지으려는데 너무나 오랫동안 웃어본 적이 없어서 잘 되지 않아 마치 우는 것처럼 얼굴이 일그러졌다.

"무검……."

그녀의 입술 사이로 한껏 귀를 기울여야 들을 수 있을 가느다란 중얼거림이 흘러나왔다.

"그래, 나요."

설무검의 미소가 조금 더 짙어졌다.

미향이 설무검에게 안겨 왔다.

아니, 안기는 것이 아니라 너무 큰 충격을 받아 잠시 정신을 잃고 상체가 기우뚱 쓰러진 것이다.

설무검은 팔을 벌려 미향을 포근하게 가슴에 안았다.

그의 품속에서 기녀 미향은 오랫동안 잃어버렸었던 과거의 신분 양연화를 되찾았다. 그리고 잠시 깜빡 잃었던 정신도 되찾았다.

그녀, 양연화는 그토록 안겨보고 싶어 했던 사랑하는 사내의 가슴에 뺨을 묻은 채 가만히 있었다.

소록소록 눈물이 넘쳐흘러 설무검의 가슴을 흠뻑 적셨다.

행복했다. 진심으로 행복했다. 온 정신과 몸이 행복으로 흠뻑 적셔졌다.

이 잠깐의 행복으로 그녀는 지난 사 년이 훨씬 넘는 세월 동안의 쓰라림을 모두 상쇄시켰다. 아니, 상쇄시키고도 남음이 있었다.

'이제 됐어.'

양연화는 속으로 중얼거리고 나서 천천히 설무검의 품에서 벗어났다.

그리고는 자신을 향해 더없이 온화한 미소를 짓고 있는 설무검을 빤히 바라보다가 나붓이 눈을 내리깔며 가볍게 고개를 숙였다.

"미안합니다. 사람을 잘못 보신 것 같군요."

설무검의 안색이 가볍게 변했다. 그녀가 왜 그렇게 말하는지 짐작하기 때문이었다.

"연화."

"천첩은 선화루의 기녀 미향이라고 합니다. 천첩과 놀고 싶으시면 접주 어른을 통하셔야만 합니다."

가슴속에서는 회한과 기쁨이 들끓으면서 폭포수 같은 눈물이 쏟아지고 있는 그녀였다. 하지만 그녀의 말과 표정은 냉정했다. 설무검을 사랑하고 있기에 그래야만 하는 것이다.

그녀는 방금 전에 설무검의 이름을 부르고 그의 품에 안겼던 것을 이내 후회해야만 했다. 그를 처음부터 모른 체할 것을, 그래야만 그를 놓아줄 수 있는 것을……

설무검의 얼굴에 안쓰러움이, 그리고 가련함이 밀물처럼 밀려들었다.

양연화는 여전히 벌거벗은 상체를 드러낸 모습이었다. 작고 아담한 어깨와 희고 긴 목, 잘 익은 사과처럼 탐스러운 두 개의 젖가슴이 고스란히 드러나 있었다.

그녀는 조심스럽게 상의를 추슬러서 제대로 입은 후 가만히 일어섰다. 그러다가 설무검 뒤 저만치에 우뚝 서서 자신을 쏘아보고 있는 한 사내를 발견했다.

순간 양연화는 벼락을 맞은 듯 온몸을 격렬하게 떨었다. 양연화는 그 사내를 한눈에 알아보았다. 한참 만에 설무검을 알아본 것과는 대조적이었다.

그 사내의 모습은 거의 변함이 없었고, 설혹 변했다 하더라도, 아니, 죽어서 한 줌의 재가 됐다고 해도 잊을 수 없는 사람이었다.

그 사내는 양궁표였다.

방문 밖을 지키고 있다가 설무검이 연화를 부르는 소리를 듣고 놀라서 달려 들어온 것이었다.

"연화야."

덥수룩한 수염투성이 모습인 양궁표는 얼굴을 기쁨으로 일그리면서 누이동생의 이름을 불렀다.

양연화는 오라비마저 부인할 자신이 없었다. 독한 마음을 먹고 물러나면 사랑하는 남자는 다른 여자를 만나 행복해질 수 있을 터이다. 그렇지만 피를 나눈 혈육을, 철모르는 어린 누이동생을 그 너른 등으로 업어서 키워준 오라비를 부인하는 것은 그것과 사뭇 달랐다.

"오… 라버님……."

양연화는 왈칵 눈물을 쏟았다.

피 같은 눈물이다.

사 년이 훨씬 넘는 세월 동안 매일 흘렸던 눈물은 오늘을 위한 연습이었다.

양궁표의 얼굴이 조금 더 일그러졌다. 웃음을 잘 모르는 사내의 웃는 표정이었다.

그는 두 팔을 활짝 벌리고 성큼성큼 걸어와 양연화를 품 안에 힘껏 끌어안았다.

"으흐흐흑!"

잔뜩 일그러진 얼굴의 양연화의 입에서 참고 참았던 오열이 기어이 터져 나왔다.

양궁표는 아무 말도 하지 않았다. 그저 누이동생을 더욱 힘주어 안는 것으로 자신이 얼마나 그녀를 그리워했는지를 전하려고 애썼다.

양연화는 사 년여 만에 만난 오라비 양궁표의 품속에서 미친 듯이 몸부림을 쳤다. 온몸을 흔들면서, 머리를 도리질 치면서, 주먹으로 오라비의 가슴을 쿵쿵 두드리면서 서럽게 흐느끼며 몸부림쳤다.

입에서는 숨이 넘어가는 듯한 헐떡임만 흘러나왔지만 양궁표는, 그리고 설무검은 그녀가 무슨 말을 하려는지 너무도 잘 알고 있었다.

"왜 이제야 저를 찾아낸 건가요? 제가 얼마나 오라버님을 기다렸는지 아세요? 저는 너무나 무서웠어요! 죽는 것은 두렵지 않았지만 사랑하는 사람들을 만나지 못할까 봐 그게 너무 두려웠어요!"

그녀의 몸부림과 흐느낌은 그렇게 절규하고 있었다.

이윽고 양연화의 몸부림이 잦아들었다. 그녀는 탈진한 듯 양궁표의 품안에 축 늘어져 있었다.

한참 만에 양궁표는 묵직하고도 결연하게 입을 열었다.

"하정과 현아도 찾았다. 이제 아무 걱정 마라. 다시는 헤어지지 말자."

하정은 양궁표의 아내이고, 현아는 아들인 양현이다.

양연화의 얼굴에 기쁜 표정이 떠올랐다. 그녀는 사 년 동안 내내 설무검과 양궁표, 하정과 현아 모두를 걱정했었다.

설무검은 두 손으로 두 사람의 어깨를 가볍게 쓰다듬은 후 모자를 다시 쓰고 방문으로 걸어갔다. 그는 이곳 주루의 호위 무사들이 아직까지도 방 안으로 들이닥치지 않은 것으로 미루어 신봉후가 당도했다는 사실을 짐작하고 있었다.

양궁표는 두 팔로 양연화를 번쩍 들어 안고 설무검을 뒤따랐다. 양연화의 몸은 솜뭉치처럼 가벼웠다.

척!

설무검이 방문을 열고 낭하로 나서자 아무도 없는 것처럼 너무도 조용했다.

이층 낭하에 흑룡보 단주 복장의 설무검이 우뚝 서 있고, 그 뒤에 양연화를 안은 양궁표가 섰다.

이층이나 삼층에는 아무도 없었다. 모든 사람들은 일층에 모여 서 있었다.

일층의 넓은 공간 한복판에 혼자 서 있는 여자가 있었다.

눈보다 더 흰 빛나는 은색 비단 경장 차림에 허리까지 내려오는 역시 은색 비단의 견폐(肩蔽:망토)를 걸쳤는데, 그곳에는 붉은색과 황색이 섞인 비상하는 한 쌍의 봉황(鳳凰)이 화려하게 수놓아져 있었다.

봉황단주인 신봉황 은자랑이었다.

그녀는 고개를 들어 설무검을 바라보고 있었다. 하지만 그녀 역시 단주 복장을 입고 있는 설무검을 금세 알아보지 못했다. 그녀는 지란루에서 설무검을 기다리고 있다가 이곳 선화루로 오라는 현조운의 전갈을 받고 급히 달려온 것이다.

그녀는 이곳에 당도하자마자 그 두 사람이 있는 방을 제외한 모든 방의 손님들을 쫓아내고 기루를 폐쇄하라고 선화루주에게 명령했다.

그래서 지금 그녀는 설무검을 한눈에 알아보지는 못하고 있어도, 그런 복장을 하고 있는 설무검이 그일 것이라고 짐작하고 있었다.

은자랑 뒤에는 현조운과 한효령, 은리가 나란히 서 있었다.

현조운이 즉시 계단을 달려 올라와 설무검에게 예를 취한 뒤 그의 뒤에 우뚝 섰다.

한효령은 약간 고개를 숙인 채 시립하는 자세를 취했고, 은리는 아무것에도 관심이 없다는 듯 다른 곳을 바라보면서 무슨 생각에 잠겨 있었다.

그들의 주변에는 보화와 선화루주, 선화루 총관과 접주 등

몇몇 여자들이 무릎을 꿇은 채 고개를 조아린 자세를 취하고 있었다.

봉황단주인 은자랑의 면전에서 서 있을 만한 자격을 지니고 있는 사람은 몇 명 되지 않았다. 봉황단주는 삼천무림의 천주만큼 유명하고 막강한 세력을 지닌 신분인 것이다.

설무검을 바라보는 은자랑의 얼굴에 반가움과 원망, 기쁨이 잔잔하게 물결치고 있었다.

그녀는 넓은 챙 아래에 있는 강퍅한 인상의 사내의 얼굴에서 그토록 그리워하던 설무검의 옛 흔적 몇 가지를 찾아낼 수가 있었다.

그는 틀림없는 설무검이었다.

그때 설무검이 계단 쪽으로 성큼성큼 걸어가면서 나직이 입을 열었다.

"보화, 이리 오너라."

은자랑의 왼쪽 멀찌감치 부복하고 있던 보화의 가냘픈 몸이 움찔 떨렸다. 그러나 그녀는 그 자리에 엎드린 채 꼼짝도 하지 않았다. 꼼짝할 수가 없었다. 그녀의 상전은 설무검이 아니라 은자랑이기 때문이다. 더구나 설무검은 은자랑보다 보화를 먼저 챙겼다. 보화는 그것이 더 황망해서 어쩔 줄을 몰랐다.

그러나 설무검을 원망하는 마음은 들지 않았다. 황망한 중에도 오히려 그가 자신을 제일 먼저 챙겨주었다는 사실이 너무나도 기뻤다.

"무엇을 하고 있느냐? 어서 가지 않고, 대가께서 부르시지 않느냐?"

은자랑이 보화를 보면서 가볍게 꾸짖었다. 하지만 화가 났다거나 기분이 나빠진 듯한 표정은 아니었다. 오히려 은자랑의 목소리에서는 설무검이 곧 자신을 부를 것이라는 들뜬 기대와 기쁨이 옅게 배어 있었다.

보화는 조심스럽게 일어나 은자랑에게 허리를 굽혀 예를 표한 뒤에 계단을 올라갔다.

뒤쪽 구석에 부복하고 있던 접주는 온몸을 와들와들 사시나무 떨듯이 떨고 있었다. 떠는 것으로 치면 그 옆의 선화루 주도 마찬가지였다.

접주는 기녀 미향을 불러달라는 흑룡보 단주를 말로 달래다가 여의치 않자 호위무사들을 동원하여 제압하거나 내쫓으려고 했었다. 그러나 오히려 단주의 호위고수에게 호위무사 열 명이 순식간에 제압당하고 말았다.

그래서 즉시 그 사실을 루주에게 보고했고, 루주는 자신이 직접 호위무사 이십 명을 이끌고 흑룡보 단주를 제압하려고 나섰다.

바로 그때 은자랑 일행이 선화루에 들이닥쳤던 것이다.

은자랑은 들어서자마자 이곳에 흑룡보 단주 복장을 한 사람이 있느냐고 물었고, 그를 제외한 모든 사람을 내쫓으라고 명령했었다.

그리고 방금 그녀는 봉황단 백봉령루 중 하나인 경붕현 만화루주를 마치 아이 다루듯이 부르는 흑룡보 단주를 일컬어 '대가' 라고 호칭했다.

하늘 같은 봉황단주가 '대가' 라고 부르는 인물에게 접주와 선화루주는 대죄를 지은 것이다. 그러니 제정신을 갖고서도 공포에 질리지 않으면 그것이 오히려 이상한 일이었다.

"보화."

설무검은 자신의 앞에 다소곳이 서서 눈을 내리깔고 있는 보화의 어깨에 부드럽게 손을 얹었다.

"고맙다. 덕분에 연화를 만났다."

보화는 자신의 어깨에 닿은 설무검의 투박한 손길과 짤막한 치하의 말을 듣고는, 마치 피곤한 몸을 뜨거운 목욕물 속에 푹 담근 것 같은 안온함을 느꼈다.

"다행이에요."

보화는 미소 지으면서 설무검을 바라보았다.

석 달 전, 백두산에서의 수련을 마치고 돌아온 설무검은 보화에게 양궁표의 누이동생을 찾아달라고 부탁했었다.

그전까지는 오장보와 반호가 설무검의 명령으로 양연화를

찾으려고 경붕현 일대는 물론 손길이 미치는 곳까지 백방으로 수소문해 봤었으나 헛수고였다.

양연화를 두 번째로 팔아넘긴 노예상인까지는 추적을 했었다. 그러나 그다음이 오리무중이었다.

설무검은 백두산에서 무공 수련을 하는 동안에도 양연화를 찾지 못하고 온 것이 마음속에 앙금으로 남아 있다가 사년여 만에 경붕현으로 돌아오자마자 그녀를 찾아달라고 보화에게 부탁을 했었던 것이다.

사실 백두산으로 떠나기 전에 보화에게 부탁했어야 했는데, 그때는 중천오세의 진천방 고수들이 대거 들이닥치기 직전의 급박한 상황이라서 경붕현을 빠져나오기에 바빠 그럴 경황이 없었다. 보화에게 부탁했더라면 석 달이면 찾아낼 수 있었던 것을, 그래서 양연화에게 더욱더 미안했다.

오장보와 반호가 노예상인들을 더 이상 추적할 수 없었던 것은, 양연화가 노예상인들 손에서 돌고 돌다가 마지막으로 백봉령루의 수중에 들어갔기 때문이다.

백봉령루는 그야말로 철옹성과도 같은 곳이다. 천하에서 백봉령루가 정보를 알아내지 못하는 곳이 없지만, 그 반대로 천하의 어떤 조직이라도 백봉령루에 대해서 알아낼 수 있는 곳은 전무하다.

보화는 양궁표에게 안겨 있는 양연화를 바라보았다.

양연화는 보화에게 인사를 하려는 듯 바닥에 내려서려고
했지만 양궁표가 놔주지 않았다.

방금 설무검의 말을 듣고 그녀가 자신을 찾아냈다는 사실
을 깨달은 것이다.

"고맙소."

양궁표는 양연화를 조심스럽게 안은 채 보화에게 꾸벅 허
리를 굽혔다.

그러자 보화는 적잖이 당황했다. 그녀는 여태껏 과묵하기
로는 설무검과 막상막하인 양궁표가 설무검 말고 다른 사람
에게 허리를 굽히거나 감사를 표하는 것을 한 번도 본 적이
없기 때문이었다.

"별말씀을, 당연히 제가 할 일을 한 걸요."

보화는 얼굴을 붉히면서 마주 허리를 굽혔다.

그녀는 양연화를 찾아준 것에 대해서 '당연히 자신이 할
일'이라고 말했다. 설무검 등을 남이라고 여기지 않고 가족
처럼 생각한다는 뜻이었다.

보화는 은자랑과 함께 있을 때에는 극도로 긴장해서 숨도
제대로 쉬지 못했다. 그런데 설무검의 곁에 있으니 마음이 편
해지고 미소까지 짓는 여유마저 생겼다.

설무검은 보화에게 할 말을 하고난 후에야 이윽고 은자랑
에게 시선을 주었다.

"랑아, 이리 오너라."

한효령은 아까부터 줄곧 차가운 얼굴로 설무검을 주시하고 있었다. 그녀는 설무검이 은자랑에게 도에 지나치게 무례하다고 생각하는 중이었다. 더구나 설무검은 중천무림의 천주에서 쫓겨난, 즉 이빨 빠진 종이호랑이인 것이다.

그뿐인가. 은자랑은 그런 설무검을 돕기 위해서 불원천리 한달음에 달려왔다. 물론 어딘가에서 사로(死路)를 넘나들고 있을 설영을 찾아서 구해야 하는 일도 있지만, 어쩌면 은자랑의 마음은 설무검에게 더 기울어 있을지도 모르는 일이었다.

은자랑은 한효령의 직속 상전이다. 그러니 설무검이 은자랑에게 무례한 행동을 하는 것을 보고 은근히 부아가 치미는 것은 당연했다.

한효령은 어쩌면 자신보다 은자랑이 더 불쾌하게 여기고 있을 것이라고 짐작했다. 한효령이 알고 있는 은자랑이라면 이런 상황에서 서릿발 같은 불호령이 떨어지거나 설무검에 대한 축객령, 혹은 훌훌 이 자리를 떠나 버리고 말 것이다. 그래야 봉황단주인 신봉후다운 행동인 것이다.

"네, 대가."

그런데 이게 웬일인가? 은자랑은 기다렸다는 듯이 방울 소리처럼 영롱한 옥음으로 대답을 하면서 쪼르르 설무검에게 달려가고 있지 않은가?

한효령은 꽃을 찾아서 팔랑팔랑 날아가는 나비 같은 모습
의 은자랑을 보면서 얼굴에 설핏 어이없다는 표정을 가볍게
떠올렸다.

이곳까지 오는 동안 내내 설영의 안위에 관련된 것 외에는
조금도 관심을 보이지 않았던 은리마저도 지금은 가볍게 놀
라는 얼굴로 은자랑을 바라볼 정도였다.

사실 과거에 은자랑이 설무검을 몹시 짝사랑했었다는 사
실에 대해서 봉황단 내에서는 물론, 무림에서도 알고 있는 사
람은 극히 드물었다.

팔 년 전, 그녀가 아직 앳된 십구 세 소녀였던 시절에 우연
히 마주치게 된 설무검에게 한눈에 반해 반년 넘게 그의 주위
에서 맴돌면서 가슴 조이며 사랑을 갈구했었던 일은 순전히
그녀의 개인적인 일이었다.

또한 그 당시의 한효령은 검풍루의 일급살수로서 활약을
하고 있었기 때문에 은자랑에 대해서는 더더욱 모를 수밖에
없었다.

한효령은 설무검 앞에 마주 서 있는 은자랑을 보면서 가볍
게 한숨을 내쉰 뒤 은리의 손을 잡고 계단을 올라가 은자랑
뒤에 섰다.

마침내 은자랑은 실로 길고도 긴 팔 년여 만에 다시 설무검
앞에 마주 섰다.

그녀가 처음 설무검을 만났을 때에는 아직 풋풋함이 남아 있는 설익은 과일 같은 십구 세 소녀였지만, 이제는 이십칠 세의 완연한 여인으로 변해 있었다.

그렇지만 그녀에게 있어서 나이라는 것은 그저 숫자에 불과할 뿐이었다. 설무검이 환갑, 고희(古稀:70세), 졸수(卒壽:90세)의 나이가 되더라도 그에 대한 그녀의 마음은 변함이 없을 터이다.

설무검을 만나기 전에 그녀는 정말 많은 생각들을 했었다.

그가 얼마나 변했을까? 혹시 알아보지 못할 정도로 피폐한 모습이 돼버린 것은 아닐까? 그를 만나자마자 눈물부터 쏟아지면 어떻게 하지? 그러면 그냥 그의 품에 안겨서 펑펑 울어버릴까? 등등 머리가 터질 만큼 많은 생각들이 꼬리를 물고 피어났었다.

그러나 그렇게 많은 생각 중에서도 두 가지 사실만은 너무도 확고했었다.

설무검에 대한 자신의 한결같은 마음은 팔 년 전이나 지금이나 변함이 없다는 것과 그를 만나면 무엇을 어떻게 할지 결정해 놓는 것보다는 마음이 가는대로 행동을 하자는 것이었다.

"대가……."

설무검이 모자를 벗지 않았지만, 보통 여자들보다 키가 큰 은자랑은 그에 비해서 한 뼘 정도 밖에 작지 않았으므로 모자 아래에 어둡게 감추어져 있는 그의 얼굴을 자세히 볼 수가 있었다.

사령단의 총단주인 모친 철혈태후(鐵血太后)를 닮아 냉정하기로 소문난 은자랑이다.

"이렇게 다시 만나게 될 줄은……."

또한 절색의 미모로 천하를 진동하여 신봉가인(神鳳佳人)이라는 미명을 얻은 바 있는 그녀가 설무검 앞에서만큼은 말이 제대로 나오지 않았고, 가슴이 콩닥거렸으며, 온몸의 피가 얼굴로 죄다 몰린 것처럼 화끈거리면서 붉어지는 것을 어쩌지 못했다.

팔 년 전이나 지금이나 똑같았다. 그녀는 여전히 설무검 앞에 서면 부끄러워서 어쩔 줄을 몰랐다. 그녀는 정말로 그를 사랑하고 있었다.

슥!

"너, 많이 컸구나."

그런데 설무검은 빙긋 미소를 지으면서 그녀의 머리를 쓰다듬는 것이 아닌가?

그 광경을 보고 은자랑의 주위에 있던 사람들이 대경실색하는 것은 당연지사.

그중에서도 한효령은 눈초리가 치켜떠지면서 자신도 모르

게 공력을 끌어올렸다.

"그렇죠? 하하하! 그때보다 세 치쯤 더 컸어요. 벌써 팔 년이 흘렀는걸요?"

그런데 은자랑이 자신의 머리 위로 손을 반 뼘쯤 벌려 보이면서 명랑하게 웃는 것이 아닌가.

'끙!'

한효령은 끓어오르는 부아를 간신히 억제했다.

그렇지만 한 사람, 은리는 그때부터 호기심 어린 눈빛으로 설무검을 살피기 시작했다.

第六十二章
차풍사선(借風使船)

“소단주! 드디어 찾아냈습니다!”

초봄의 밤.

황하가 한눈에 내려다보이는 강가의 절벽 위에 우뚝 서 있
는 태무를 향해 가파른 오솔길을 나는 듯이 달려오면서 외치
는 인물이 있었다.

“그는 지금 어디에 있느냐?”

태무는 돌아보지 않은 채 조용한 어조로 물었다.

녹림 황하수로채 중 십삼채의 채주라는 공식적인 신분을
갖고 있는 장한은 태무 앞에 공손히 허리를 굽히며 빠른 어조로 보고했다.

"이곳에서 그리 멀지 않은 곳입니다. 비양현(泌陽縣) 근처
인데 마차를 타고 있습니다."

과연 태무의 예상이 맞았다. 검풍루는 악양, 즉 남쪽에 있
는데도 설영은 낙양성을 나와 처음부터 남행(南行)하지 않고
북행(北行)을 택했다. 그것은 그가 자신을 제압한 낙화귀의
배후에 장도명이 있다는 사실을 이미 알고 있다는 방증이다.

태무는 중천오세를 비롯한 중천무림의 방, 문파들이 갑자
기 살수들에 대한 수색과 추적을 중단한 것이 장도명의 입김
인 것을 알고 있다.

그렇지만 그가 무슨 이유로 수색과 추적을 해제했는지에
대해서는 아는 바가 없다.

어쩌면 장도명은 낙양성 내에 숨어 있는 설영을 도저히 잡
을 수 없다고 판단하여 풀어놓고 잡겠다는, 즉 숨어 있는 꿩
은 잡기 어려우니 밝은 하늘로 날아오르게 해서 잡으려는 계
책일 수도 있다.

장도명은 설영이 검풍루의 살수라는 사실을 누구보다 잘
알고 있으므로, 그를 잡으려는 술수를 꾸미고 있다면 낙양성
남쪽을 중점적으로 지킬 것이다.

또한 그는 설영이 자신의 존재에 대해서 전혀 모르고 있다
고 판단했을 것이고, 그래서 자신이 훨씬 더 유리한 위치에

있다고 생각할 것이다.

그러나 결과적으로 설영은 북쪽을 택했다. 배후인물이 장도명이라는 것을 알고 있다는 명백한 증거다.

그런데 설영은 태무가 예상했던 것보다 훨씬 더 멀리까지 가 있었다.

오늘 아침에 수색령을 해제했으니까 한나절이 지났을 뿐인데, 설영은 황하를 건너 낙양에서 백오십여 리나 떨어진 비양현까지 가 있는 것이다.

"몇 명이더냐?"

"마차를 구해서 탈 때 확인해 보니 네 명이었습니다. 남자 둘에 여자 둘입니다."

남자 한 명에 여자 둘이어야 맞다. 남자는 설영, 여자는 정미와 단소예다.

태무는 얼마 전에 사부 장도명으로부터 설영이 남자였다는 사실을 들었다.

그때는 많이 놀랐었지만, 그것이 설영과의 우정에 금이 가게 하지는 못했다.

아니, 오히려 설영이 남자라는 사실 때문에 더 마음이 놓이고 친밀감이 느껴졌다.

태무는 설영과 정미가 쫓기고 있다는 사실을 알게 된 직후부터 수하들을 풀어 암암리에 두 사람을 찾으려고 전력을 기울렸었다.

그의 수하들은 녹림고수들로서 특별히 그가 선발하여 가르친 자들이다. 모두 삼백 명으로 구성됐으며, 태무는 그들을 계명성(啓明星:금성)이라고 부른다.

밤하늘에 떠 있는 것들 중에서 달을 제외하고 가장 빛나는 별이 바로 계명성이다. 샛별이라고도 부르고, 명성(明星), 또는 신성(晨星), 효성(曉星)이라는 이름도 갖고 있다. 계명성은 일 년 중의 한동안은 초저녁 무렵 서쪽 하늘에서 가장 먼저 나타난다. 또 다른 때에는 새벽의 동쪽 하늘에서 그 어떤 별보다 늦게까지 빛을 뿌리고 있다.

그래서 계명성은 여명을 알리는 별이며, 캄캄한 한밤중에도 내일 다시 밝은 아침이 찾아온다는 사실을 약속하는 약속의 별이기도 하다.

여명이란 어둠이 물러가고 새벽이 찾아오면서 희미하게 날이 밝아지는 것을 말한다. 그것은 희망의 빛이다.

태무는 돌이켜 생각하기조차 몸서리가 쳐질 만큼 암울한 과거를 지니고 있다. 그래서 그는 저주스러울 정도로 어둠이 싫다. 두 번 다시 과거의 어둠으로 돌아가고 싶지 않았다.

그런 이유로 자신이 직접 선발하고 가르치면서 육성한 무리에 계명성이라는 이름을 붙인 것이다.

물론 사부 장도명도 계명성의 존재에 대해서 잘 알고 있다.

장도명의 허락없이 조직을 결성하는 것은 불가능한 일이기도 하지만, 태무는 굳이 감추고 싶지도 않았다. 계명성이 태무의 수하라고는 하지만, 결국은 태무의 일이 장도명을 위한 일이기 때문이다.

계명성은 순전히 태무 한 사람의 힘으로 조직됐고, 그를 위해서만 행동하며, 혈월단과는 무관하다. 말하자면 태무의 절대적인 사조직인 셈이다.

"그들의 얼굴을 확인했느냐?"

태무가 잠시 생각하다가 물었다.

계명성에서 칠로(七路)를 맡고 있는 칠로주가 송구스러운 표정을 지었다.

"확인하지는 못했습니다만, 여러 정황으로 미루어 그들이 소단주께서 찾고 계시는 사람들이 틀림없습니다."

"세 명이어야 하는데 왜 넷이지?"

"마차를 모는 사내가 새로 합류한 것 같습니다."

"그자는 누구냐?"

"낙성검가 군성당 당주입니다."

"낙성검가 군성당주?"

"네, 알아보니 그자는 소가주 단소예의 어린 시절 호위무사였다고 합니다."

"호위무사라……."

태무는 가볍게 고개를 끄덕였다.

낙성검가 소가주인 단소예가 무엇 때문에 뇌옥에 갇힌 설영을 구해서 탈출하여 지금껏 함께 행동하고 있는지 그 이유는 알 수가 없었다. 그러나 단소예가 생면부지의 사람을 위해서 그런 파격적이고 극단적인 행동을 했을 리는 없다.

그로 인해 그녀는 가문으로부터 쫓기는 신세가 되었으며, 가족을 등지고 평생 음지에서 숨어 살아야만 한다. 그것을 각오하면서까지 그런 짓을 했다면, 단소예는 예전부터 설영을 매우 잘 알고 있는 것이 분명하다.

아니, 그 정도로는 설득력이 부족하다. 그녀가 자신의 목숨을 버려도 좋을 만큼 설영을 소중하게 생각한다고 해야 가능한 일인 것이다.

생각하던 태무는 가볍게 고개를 가로저었다.

'그녀가 과거에 영아와 무슨 관계였든 무슨 상관이겠는가. 지금 중요한 것은 영아가 아무 탈 없이 검풍루로 귀환하는 것뿐이다.'

지금의 설영에게는 하다못해 쥐의 간이나 벌레의 팔[鼠肝蟲臂]처럼 작은 도움조차도 큰 힘이 되어줄 것이다. 그러므로 단소예의 도움은 설영의 생사를 좌우한다고 해도 과언이 아닐 터이다.

"가시겠습니까?"

태무가 한동안 아무 말도 없이 먼 하늘만 응시하고 있자 칠로주가 조심스럽게 물었다.

태무는 대답하지 않았다. 고심하고 있기 때문이다. 자신이 설영을 만나러 가는 것이 옳은가, 아니면 이대로 암중에서 그를 보호하는 것에 전력을 기울이는 것으로 만족할 것인가의 고심이었다.

이윽고 그는 가벼이 고개를 가로저었다.

"가지 않겠다."

사부 장도명이 태무의 심복인 낙화귀를 이용하여 설영을 제압, 낙성검가에 바쳤었다.

장도명의 꼭꼭 숨겨진 어두운 야망을 위해 설영을 제물로 삼은 것이다.

설영에게 낙화귀를 소개해 준 사람은 태무였다. 그러나 애초부터 설영이 낙화귀를 모르고 있었다면 제압당하여 낙성검가에 바쳐지는 불운을 당하지도 않았을 것이다.

그러므로 그동안 설영이 고초를 겪고 지금의 처지에 빠지게 된 원인 제공자는 태무인 셈이다. 설혹 태무의 저의가 설영을 돕기 위해서였든 어쨌든, 결과적으로는 설영에게 태무의 친절이 독약이 되고 만 것이다.

결자해지(結者解之)다. 처음에 태무가 매듭을 묶었으므로 그것을 풀 사람도 그일 수밖에 없다.

“하오시면 다음 명령을 내려주십시오.”

칠로주가 공손히 허리를 굽혔다.

“현재 마차는 누가 호위하고 있느냐?”

“구로(九路)가 암중에서 따르며 호위하고 있습니다.”

태무의 계명성에는 총 십로(十路)가 있으며, 하나의 로는 삼십 명이다.

“너도 가서 호위해라.”

“명을 받듭니다.”

칠로주는 허리를 깊숙이 숙인 후 언덕 아래로 구불구불 이어진 오솔길을 나는 듯이 달려 내려갔다.

태무는 원래의 자리에서 움직이지 않은 채 강바람에 옷자락을 세차게 펄럭이면서 다시 생각에 잠겼다.

그의 무표정한 얼굴에 잠시 곤혹스러운 표정이 떠올랐다. 최악의 상황을 떠올렸기 때문이다.

내심으로는 그런 일이 일어나지 않기를 간절히 바라고 있지만, 세상의 일이란 언제나 원하지 않는 방향으로는 풀리기 마련이다.

태무는 그것을 수없이 경험했었다. 그의 어린 시절의 소원이 원하는 방향으로 풀렸다면, 그는 지금 이 자리에 있지도 않았을 것이다.

최악의 경우 그는 사부냐, 아니면 설영이냐를 선택해야만 하는 기로에 서게 될지도 모른다. 그때가 되면 과연 그는 누구를 선택하게 될 것인가.

*   *   *

선화루주의 삼층 넓은 방에 설무검과 은자랑 일행이 모여 있었다.

둥글고 커다란 탁자 위에는 선화루가 자랑하는 미주가효가 그득하게 차려졌고, 그 둘레에 설무검과 은자랑 일행이 둘러앉았다.

원래 사람들이란 자신의 신분이 조금만 높아졌다고 생각하면 여러 사람들과 겸상을 하려들지 않고 독상을 받으려는 습성을 지니고 있다.

일개 방파의 당주나 총관 나부랭이들도 그런데, 신봉후나 설무검쯤 되는 거목이 이처럼 둥글고 커다란 탁자에 여러 사람과 둘러앉아서 식사나 술을 마신다는 것은 좀처럼 보기 드문 광경이었다.

특히나 은자랑은 은리나 설영을 제외한 어느 누구하고도 겸상을 해본 적이 없었다.

그렇지만 이것은 설무검의 뜻이었다. 원래는 그와 은자랑만 앉았고 다른 사람들은 모두 서 있었는데, 설무검이 모두를 앉게 하려고 둥글고 큰 탁자와 사람 수에 맞춰서 의자를 가져오도록 한 것이었다.

탁자에는 설무검 사람들과 은자랑 사람들 두 편으로 나뉘어져 앉아 있었다.

설무검 좌우에는 양궁표와 양연화, 보화, 현조운이, 맞은편에는 은자랑과 그녀의 오른쪽에 은리와 한효령이 앉았다.

양궁표는 설무검 오른쪽에 앉아서 그 옆에 앉은 양연화에게 어깨를 내주어 기대도록 했으며, 보화는 설무검 왼쪽에 앉았고, 그 옆에 현조운이 앉았다.

조금 전에 설무검이 모두를 앉게 했지만, 일개 백봉령루 루주의 신분으로 은자랑과 동등하게 앉을 수가 없어서 어쩔 줄을 모르고 전전긍긍하는 보화를 설무검이 불러 자신의 곁에 앉힌 것이다.

설무검이 보화에게 자신의 옆에 와서 앉으라고 했을 때, 그녀는 아주 복잡한 감정에 사로잡혔었다. 속으로는 무척 기쁘면서도 안도가 됐고, 그러는 한편으로 은자랑에게 죄스럽고, 하극상을 저지르는 것 같아서 몸 둘 바를 몰랐다.

그렇지만 그녀는 결국 설무검의 곁에 앉을 수 있었다. 은자랑이 허락했기 때문이다.

설무검이 보화를 편애하는 묘한 분위기 때문에 실내에서

그녀를 봉황단 휘하이며 은자랑의 수하라고 여기는 사람은
더 이상 없는 것 같았다.

원래는 은자랑 좌우에 한효령과 은리가 나누어 앉아야 하
지만, 지금은 은리가 가운데, 그리고 좌우에 한효령과 은자랑
이 앉아 있었다.

또한 은리는 한효령의 품에 거의 안기다시피 기대어 있어
서, 그 모습은 누가 보더라도 은리가 은자랑보다 한효령을 더
가깝게 여긴다고 생각할 것 같았다.

한효령은 설영의 의모다. 그래서 은리도 그녀를 어머니처
럼 여기면서 따르고 있는 것이다.

은자랑은 보화나 은리의 그런 행동에 조금도 개의치 않는
것 같았다. 그녀는 설무검을 응시하고, 그를 살피는 것에 온
신경을 쏟고 있었다.

"랑아."

이윽고 설무검이 말문을 열었다.

"네, 대가."

은자랑은 기다렸다는 듯이 맑은 목소리로 대답했다.

"네가 나를 좀 도와줘야겠다."

"어떻게 도와드릴까요?"

설무검은 은자랑을 보면서 빙그레 미소 지었다.

예전에 은자랑은 그가 자신을 향해 미소 짓는 것을 한 번도

본 적이 없었다.

은자랑은 이십칠 세가 된 지금까지도 설무검 외의 사내를 남자라고 여기지 않고 있었다.

그것도 일방적인 짝사랑이므로 제대로 된 사랑이라고는 말할 수가 없었다. 짝사랑이든 온전한 사랑이든, 사랑이라는 것은 지독한 열병을 앓거나 빠져나오기 어려운 아편 중독 같은 것이다. 사랑에 빠진 사람은 아무것도 아닌 듯한 일에도 쉽게 감동하고 슬퍼하는 등 감정이 움직인다.

그렇지만 옆에서 보는 사람들은 그런 행동이 우습게, 또는 어이없게 보이기도 한다.

지금 은자랑이 바로 그랬다.

한효령을 비롯한 실내의 모든 사람들이 그녀를 조금쯤은 이상한 눈으로 보고 있지만, 정작 본인은 더없이 정상적이라고 생각하고 있다.

단 한 사람, 은리만이 언니 은자랑의 마음을 이해하고 있는 듯했다. 이유는 간단했다. 그녀 역시 설영을 지독하게 사랑하고 있기 때문이다.

"금호방주를 죽인 배후가 누군지 아느냐?"

설무검의 단도직입적인 물음이다.

한효령은 약간 긴장했다. 금호방주를 죽여 달라는 청부를 받고 그것을 실행에 옮긴 살수 조직은 검풍루다.

그리고 그 배후가 누군지 한효령이 알아냈었다. 그렇지만 설영과 정미의 안위가 걸려 있지 않았더라면 배후를 캐는 일 따위는 하지 않았을 것이다.

알아냈다고 해도 그 사실은 검풍루와 검풍루의 상급 조직인 봉황단에서만 알고 있어야 하는 것이지 외부인에게 유출시켜서는 안 된다. 그것은 전례가 없는 일이다.

설무검은 배후인물이 누군지 알게 되면 그것을 실전에서 유효적절하게 활용할 것이다. 그렇게 되면 검풍루의 오랜 신용은 깨어지고 만다.

그렇지만 한효령은 은자랑이 정직하게 대답을 할 것이라는 불길한 느낌을 받았다.

"장황(掌皇)이에요."

은자랑이 차분하게 대답했다. 역시 한효령의 불길한 느낌이 적중했다. 아마도 설무검이 원하기만 한다면, 은자랑은 무엇이든 아낌없이 내어줄 것이 분명했다.

"남궁장천(南宮長天)인가?"

"네, 그가 남천오호(南天五豪) 중 하나인 모산파 장문인에게 금호방주를 암살하라고 지시했어요."

천하는 중천과 북천, 남천의 삼천으로 삼분(三分)되어 있다.

장황 남궁장천은 남천무림의 절대자인 동시에 절대세가인

남궁세가의 가주라는 지고한 신분을 지니고 있다.

"이유는?"

설무검의 물음에 은자랑은 대답 대신에 방그레 미소를 지으면서 품속에서 잘 접은 한 장의 서찰을 꺼내 팔을 뻗어 설무검에게 내밀었다.

한효령은 은자랑이 서찰 같은 것을 지니고 있을 줄은 모르고 있었다. 그렇지만 그 서찰에 무슨 내용이 적혀 있을지는 어렵지 않게 짐작할 수 있을 것 같았다.

설영이 금호방주를 암살한 후 검풍루에 귀환을 하지 못하게 되는 일이 발생하자, 한효령은 금호방주를 죽여 달라고 청부한 일차 청부자에서부터 차근차근 역추적에 들어갔다가 결국에 최종 청부자가 모산파 장문인이라는 사실을 알아낸 적이 있었다.

그때 모산파 장문인의 거처 지붕에서 장문인과 하수인의 대화를 엿들었고, 장문인이 남궁세가주 남궁장천에게 전하라는 밀서를 하수인에게 주었는데, 한효령이 하수인을 미행하여 쥐도 새도 모르게 잠재웠다가 깨우는 수법으로 그자의 품속에 있던 밀서를 꺼내 읽었다.

검풍루로 돌아와 그 내용을 은자랑에게 보고했는데, 아마 그녀는 그것을 서찰로 기록해 두었던 것 같았다.

어쩌면 설무검을 만나게 되면 그에게 건네주기 위해서 일부러 기록했는지도 모른다.

한효령은 자신이 생각하고 있는 것보다 은자랑이 설무검을 더욱 열렬히 사랑하고 있다는 사실을 깨달았다.

설무검이 서찰을 읽는 동안 실내에는 침묵이 흘렀다.

천주. 금호방주의 암살은 성공적으로 끝났습니다. 그리고 사전에 계획했던 대로 다음은 사해무적입니다. 검풍루가 사해무적을 암살할 수 있을지는 미지수입니다만, 암살의 성패(成敗)에 관계없이 검풍루가 사해무적의 암살을 실행한 직후에 다시 한 번 중천무림을 들쑤셔 놓겠습니다. 그다음에는 중천오세와 중천십이지파에 포섭해 놓은 세력을 천주께서 움직이실 차례입니다.

벽우자(碧羽子) 경계(敬啓).

설무검은 서찰을 연이어 세 차례나 자세히 읽었다. 서찰에 몇 가지 중요한 내용이 담겨 있어서 확인을 거듭하는 것이었다.

사해무적은 중천오세의 하나인 사해부 부주라는 막중한 신분인데, 그를 암살한다는 계획이다. 더구나 암살을 청부할 살수 조직이 검풍루라고 했다. 그것은 금호방주 역시 검풍루가 암살했음을 간접적으로 의미하고 있는 것이다.

처음부터 그랬었지만, 설무검은 누가 금호방주를 죽였는지에 대해서는 별 관심이 없었다.

살인에 검이 사용됐다고 해서 그 검에게 살인의 죄를 물을 수 없는 이치와 같다.

검풍루는, 아니, 살수 조직은 한 자루 검처럼 살인의 도구로만 사용됐을 뿐이다. 중요한 것은 누가 그 검자루를 쥐고 있었느냐는 사실이다.

그리고 그것이 지금 밝혀졌다. 남천의 절대자 장황 남궁장천이었다.

설무검은 서찰에 적혀 있는 여러 내용 중에서 한 가지 사실에 주목했다.

사해무적을 암살하는 성패에 관계없이 검풍루가 암살을 실행한 직후에 다시 한 번 중천무림을 들쑤셔 놓겠다.

'성패에 관계없이' 라는 것은, 남궁장천의 목적이 반드시 사해무적을 죽여야만 하는 것이 아님을 의미한다. 달리 말하자면 사해무적을 죽이려고 하는 행동이 어떤 목적의 시발점이 된다는 뜻이었다.

그리고 '다시 한 번 중천무림을 들쑤셔 놓겠다' 라는 말은, 전에도 한 번 들쑤셔 놓았음을 뜻한다.

이 부분에서 설무검은 얼마 전에 중천무림을 뒤흔들어 놓았던 소문 하나를 기억해 냈다.

소문의 내용은 이러했다.

낙성검가의 가주 단해룡이 자신에게 반기를 들고 있는 중천오충을 제거하려는 음모를 꾸미고 있으며, 그 첫 번째로 금호방주를 죽였다.

다음 차례는 사해무적이다. 자신이 중천무림의 천주가 되려는 계획에 가장 껄끄러운 적수로 등장한 인물이기 때문에 쥐도 새도 모르게 죽이려고 하는 것이다.

그리고 과거 중천의 절대자 검신은 일개 평범한 무부(武夫)에 지나지 않았던 단해룡을 신임하여 전폭적으로 지원, 오늘날의 그가 있게 해주었다. 그런데 단해룡은 오히려 검신을 배신하여 죽였으니 그는 인면수심의 위선자다.

라는 소문이었다.

그러나 단해룡이 어떻게 검신을 배신했는지에 대한 소문은 없었다.

그렇지 않아도 금호방주의 갑작스러운 죽음 때문에 온갖 흉흉한 소문이 난무하면서 뒤숭숭한 중천무림 전체를 들끓게 하기에 부족함이 없었다.

낙성검가와 중천사세 등은 소문의 진상이나 발원지를 캐내려고 부심했으나 끝내 아무 소득도 얻지 못했었다.

오히려 그 소문에 온갖 터무니없는 내용들이 이리저리 덧붙여지면서 눈덩이처럼 불어나 미대난도(尾大難掉)의 지경이 돼버리고 말았다.

또한 사람들마다 여기저기에 소문을 퍼뜨리고 다니기에 바빴으며, 끝내는 중천무림은 물론이고 온 천하로 퍼져 나가 나중에는 코흘리개조차도 그 소문에 대해서 자세히 알고 있을 정도가 되었다.

사실 설무검은 그런 소문이 왜, 누구에게서 시작됐는지, 그 저의가 꽤나 궁금했었다.

그런데 결국 은자랑이 건네준 서찰에 의해서 남천의 천주인 남궁장천이 꾸민 음모로 밝혀지고 있었다.

서찰에 적힌 내용을 읽고 설무검이 판단한 남궁장천의 계책이라는 것은 비교적 단순했다.

살수 조직을 이용하여 금호방주를 죽인 뒤 괴소문을 퍼뜨려 중천무림을 뒤흔들어놓는다. 그리고 그 여파가 사라지기도 전에 사해무적을 암살하게 한 후 민심이 한껏 뒤숭숭해질 때 다시 한 번 결정적인 소문을 퍼뜨려 처음보다 더 거세게 중천무림을 발칵 뒤집어놓는다는 것이다.

그런데 한 가지 알 수 없는 것이 있다. 과연 남궁장천의 목적이 무엇이냐는 것이다.

또한 그렇게 공을 들여서 일을 벌인 결과, 과연 그에게 무슨 이득이 돌아가느냐는 것이다.

'설마 중천무림을 무너뜨리겠다는 것인가?'

설무검은 내심 중얼거렸다.

서찰의 내용을 종합해 봤을 때 제 일감(一感)으로 뇌리를 스치는 것이 남궁장천이 중천무림을 무너뜨려 장악하려 한다는 추측이다.

그것밖에는 달리 떠오르는 것이 없었다. 남천무림의 절대자쯤 되는 거물이 괜히 재미삼아서 중천무림에 해코지를 할 리 만무했다.

천하무림은 삼천으로 나누어지는 과정에서 몇 년에 걸친 다툼과 조정 끝에 현재의 지역과 세력 구도로 확고하게 재편되었다.

그 이후 삼천들 사이에 몇 차례의 크고 작은 분쟁이 벌어졌었지만, 결국은 상대방의 세력권을 존중하는 차원에서 원만하게 해결됐었다.

상대의 세력권을 존중하지 않을 경우 내 세력권이 침탈을 당하고, 나아가서는 전쟁으로 비화될 수도 있다는 논리는 이후 삼천무림을 유지시켜 주는 가장 중요한 근간이자 묵시적인 강령이 되어주었다.

삼천의 절대자들은 모두 삼천무림을 일통하고자 하는 거대한 야망을 품고 있다.

하지만 그것은 위험천만한 도박이다. 양천(兩天), 즉 무림에 하늘이 둘 뿐이라면 위험부담을 안고서라도 무림일통을 결행해 볼 만도 하다.

그렇지만 삼천이다. 하늘이 셋인 것이다. 하나를 공격하면 다른 하나가 가만히 앉아서 좌관성패하지 않을 것이며, 끝내는 어부지리를 얻을 것이라는 데에 무림일통의 가장 큰 난관이 있었다.

잠시 생각에 잠겨 있던 설무검은 결국 결론을 내렸다.

'남천이 중천을 장악하려는 음모다.'

그가 그런 결정을 내린 데에는, 서찰의 마지막 내용이 결정적인 영향을 끼쳤다.

사해무적 암살의 성패에 관계없이 중천무림을 다시 한 번 들쑤셔놓은 후에는, 중천오세와 중천십이지파에 포섭해 놓은 세력을 천주께서 움직이실 차례입니다.

정보 나부랭이를 알아내려는 세작을 심어놓은 것이 아니라, '포섭해 놓은 세력'이라고 했다.

세력이라는 것은 어떤 특정한 목적을 달성하기 위해서 필요한 힘을 뜻한다.

만약 '어떤 목적' 이라는 것을 '중천무림의 전복' 이라고 가정한다면, 남천이 중천오세와 중천십이지파에 그만한 힘, 즉 세력을 심어놓았다는 의미가 아니겠는가.

더구나 서찰에는 세력을 심어놓은 곳을 '중천오세와 중천십이지파' 라고 적시했다.

설무검이 측근에게 배신을 당하여 권좌에서 쫓겨난 후, 설란궁은 일체의 대외 활동을 접은 채 칩거한 상태에 있었으므로 사람들은 중천무림에는 설란궁을 제외한 '중천사세' 가 세력을 잡고 있다고 공공연하게 말해왔다. 그런데 설란군을 포함하여 '중천오세' 라고 서찰에 기록해 놓았다.

또한 중천십이지파 중에서 설무검에 대한 충절을 꺾지 않은 다섯 방, 문파를 '중천오충' 이라고 하고, 중천사세에 적극적으로 동조하는 방, 문파를 '중천칠지파' 라고 하여 명확하게 분리되어 있는 상태인데도, 그들 모두를 '중천십이지파' 라고 뭉뚱그려 놓았다.

'그렇다면 설란궁과 중천오충 내에도 남천의 세력이 있다는 뜻이다.'

설무검은 결국 그런 결론을 내릴 수밖에 없었다. 믿고 싶지 않았지만 그것이 엄연한 현실로 드러나고 있었다.

남천이 중천오충과 설란궁에도 세력을 확보했다면, 그들

에게는 또 다른 쓰임새가 있다는 뜻이다.

이윽고 설무검은 서찰을 은자랑에게 내밀었다.

은자랑은 방그레 미소 지으면서 손을 저었다.

"대가께서 갖고 계시는 게 좋겠어요."

설무검은 서찰을 양궁표에게 건네주었다.

양궁표는 서찰을 받는 즉시 읽어보지도 않고 곱게 접어 품 속에 갈무리했다.

"어떻게 생각하세요?"

은자랑이 설무검을 말끄러미 바라보면서 물었다. 그녀의 두 눈이 유난히 반짝이고 있었다.

"아무래도 남궁장천이 중천무림을 장악하려는 위험한 음 모를 꾸미고 있는 것 같군."

은자랑은 맞장구를 쳤다.

"그렇지요? 제 생각도 같아요."

그 말 이후 설무검은 또 입을 다물었다. 은자랑이 보기에 그는 여러 면에서 변한 것 같지만 과묵한 것만큼은 변함이 없 는 것 같았다.

생각은 오랫동안 깊게, 그리고 많이 하면서 말은 될 수 있 는 대로 적게 한다.

그것은 군림자들의 공통된 습관이다.

일부러 그러는 것이 아니라 오랜 경험에 의해 형성된 습관인 것이다.

측근들의 말을 되도록 많이 듣는 반면에 자신의 속내를 드러내지 않음으로써, '측근을 중용하고 침묵함으로 자신을 보호한다' 라는 치세의 군림도(君臨道)인 것이다.

거기에다가 설무검은 선천적으로 과묵한 성격이니, 그가 얼마나 말이 없는지 어렵지 않게 알 수 있으리라.

그런 그의 성격을 잘 알고 있는 은자랑은 그녀 자신이 이 대화를 이끌어가야 한다고 생각했다.

아니, 설무검은 분명히 어떤 결론을 내렸을 것이다. 그것이 궁금해서라도 대화를 주도할 수밖에 없었다.

"어떻게 하실 생각인가요?"

하지만 그 정도로는 설무검의 입을 열게 하지 못했다. 그렇다고 그만둘 은자랑이 아니다.

"대가를 배신했던 자들에게 복수를 하실 생각이겠죠?"

설무검은 가볍게 고개를 끄덕였다.

"그렇다면 남천의 음모를 분쇄시켜야겠군요."

은자랑은 그렇게 운을 띄워놓고 반응을 기다렸으나 설무검은 묵묵히 그녀만 주시하고 있었다.

하지만 그녀는 그가 자신을 쳐다보는 것이 아니라, 단지 시선만을 자신에게 준 채 다른 생각에 잠겨 있다는 사실을 알 수 있었다.

“제게 맡겨주시지 않겠어요?”

은자랑은 총명하게 눈을 빛냈다.

“어쩌려는 게냐?”

굳게 닫혀 있던 설무검의 입이 열렸다.

“완벽하게 증거를 수집한 후에 제가 직접 남궁장천을 찾아가서 만나겠어요.”

한효령과 보화의 얼굴에 놀라움이 떠올랐다. 은자랑의 말대로 하자면 막대한 수고와 위험이 따른다. 자칫 잘못하면 남천무림과 적이 될 수도 있다. 그런데 그녀는 설무검을 위해서 그것을 감수하겠다는 것이니, 한효령과 보화가 놀라지 않을 재간이 없었다.

은자랑은 자신이 그렇게만 해주면 설무검으로서는 더 이상 바랄 것이 없을 것이라고 생각했다. 그녀는 설무검이 배신자들에게 복수하고 재기를 하는 과정에서 진심으로 견마지로(犬馬之勞)하고 싶었다.

중천무림은 설무검이 이루었고, 온전히 그의 소유다. 배신자들을 모두 제거한 후 그가 중천무림의 절대자로 다시 등극하려면 남천의 음모 같은 것은 일찌감치 발본색원하는 것이 좋을 터이다.

“됐다.”

설무검이 짧게 입을 열자, 은자랑은 그가 미안해서 그런다고 생각하여 배시시 미소를 지었다.

그녀는 아직 설무검이라는 사내에 대해서 제대로 알지 못하는 것이 분명했다.

"괜찮아요. 저는 수집한 정보를 무기로 삼아서 남궁장천에게 많은 이득을 이끌어낼 거예요. 이래 뵈도 저는 손해 보는 장사는 하지 않는 수완 좋은 장사꾼이에요."

한효령과 보화는 그제야 속으로 아! 하는 탄성을 터뜨리면서 은자랑의 깊은 뜻을 깨달았다.

무림에 붙박혀 있는 삼천무림과는 달리 사령단은 천하를 상대하는 거대 집단이다.

또한 삼천무림이 탐명(貪名)을 추구한다면, 사령단은 순전히 이익의 창출을, 즉 애리(愛利)만을 붙좇는다.

사령단이 천하의 상계를 장악하여 장사를 해오고 있는 과정에서, 삼천무림의 세력권이나 영향력 때문에 손해를 보거나 눈으로 뻔히 보면서도 투자를 하지 못하는 장소와 부문이 더러 존재했었다.

그런 상황에서 만약 삼천무림이 양보를 해준다면, 그래서 사령단이 마음껏 활보하며 장사를 할 수만 있다면, 엄청난 수입을 올릴 수 있을 것이다.

방금 은자랑은 그것을 말한 것이다. 남궁장천의 약점을 쥐고 사령단에 절대적으로 유리한 조건을 요구, 그에게 거래를 할 생각이라는 것이다.

"그것은 내 계획에 역행하는 것이다."

그런데 설무검의 말은 전혀 뜻밖이었다.

은자랑이 중천무림에 뿌리를 내리고 있는 남천의 세력들에 대한 정보를 완벽하게 수집, 남궁장천을 협박하여 그의 음모를 분쇄한다면 설무검이 복수를 하는 데에도 한결 유리해질 것은 자명한 사실이다.

그런데 오히려 그것이 그의 계획에 '역행' 하는 것이라니 은자랑은 그의 말이 선뜻 이해가 되지 않았다.

은자랑은 뜻밖이라는 표정을 지었다.

"대가의 계획은 무엇인가요?"

"차풍사선(借風使船)."

설무검의 대답은 의외로 간단했지만, 그 뜻은 대답만큼 간단하지 않았다.

"바람을 빌어 배를 빨리 가게 한다는 것인가요?"

"그렇다."

"남천이 중천무림에 심어놓은 세력이 바람인가요?"

"남천이 꾸미고 있는 음모가 바람이다. 순풍일지 강풍일지는 아직 미지수이지만."

설무검은 고개를 끄덕였다.

은자랑의 갸름하고 흰 얼굴에 의아한 표정이 떠올랐다.

"그렇다면 그 바람 덕분에 빨리 달릴 수 있을지 몰라도 배가 난파할지도 모를 텐데요?"

중인들은 배가 바로 중천무림을 가리키는 것이라 짐작하고 있었다.

"고소원(固所願)이다."

설무검의 얼굴 표정이 더욱 초탈하게 변했다.

"대가……."

은자랑은 그제야 설무검의 진의를 깨닫고 해연히 놀란 표정을 지었다.

은자랑만큼은 아니지만 한효령은 설무검의 말에 깨닫는 바가 있었다. 그것은 설무검이 복수만을 원할 뿐, 중천무림이 어떻게 되든 관심이 없다는 사실이었다. 그것은 그가 복수를 끝낸 후 무림을 떠날 것이라는 사실을 의미하는 것이었다.

그 때문에 은자랑의 놀라움은 컸고, 또 오래 갔다.

무림밖에 모르고, 또 권력의 정점에서 마음껏 절대권력을 향유했었던 절대자가 아직 젊은 나이에 은퇴를 하겠다는 것이니 어찌 놀라지 않겠는가.

은자랑은 양궁표와 보화, 현조운을 차례로 바라보았다. 그들 세 사람의 표정은 설무검을 닮아 세속의 영달에 초연한 것처럼 보였다.

그로써 은자랑은 그들이 설무검의 은퇴를 미리 알고 있었다는 사실을 깨닫게 되었다.

양궁표와 현조운은 그렇다고 쳐도, 자신의 수하인 보화마저 은자랑 자신보다 설무검을 더 많이 알고 또 더 가까운 사이라는 것이 처음으로 야속하게 느껴졌다.

"그렇군요."

한참 만에야 은자랑은 원래의 평정을 되찾으려고 애쓰면서 고개를 끄덕였다.

이어서 품속에서 다시 한 권의 작고 얇은 책자를 꺼내 탁자 위에 놓은 후 설무검에게 밀어주었다.

"여기에는 중천오세와 중천십이지파의 현재의 형세와 세력권, 보유하고 있는 고수들, 세작들에 대해서 기록되어 있어요. 그동안 백봉령루에서 파악한 정보들을 제 나름대로 간추려본 것이에요. 하지만 여기에 기록된 세작들이 남궁장천이 포섭한 그 '세력'인지는 알 수가 없군요. 아마 그렇지는 않을 거예요. 하지만 이것이 대가에게 도움이 되었으면 좋겠어요."

은자랑은 설무검이 책자를 향해 손을 뻗는 것을 보면서 궁금한 듯 내처 물었다.

"남천을 바람으로 이용하겠다고 하시니, 그럼 검풍루가 사해무적 암살을 결행해야 하나요?"

"그자를 죽일 수 있느냐?"

은자랑은 눈을 조금 크게 떴다.

"죽여야 하나요?"

"암살이 실패하는 것보다는 성공하는 쪽이 중천이나 남천에 미치는 충격이 더 크겠지."

그때 한효령이 처음으로 공손히 입을 열었다.

"단주, 그러자면 속하를 비롯한 본루 총인원의 삼분의 일 가량이, 그것도 일급살수들로만 투입되어야 합니다."

검풍루는 총 오십여 명의 살수를 보유하고 있다. 그중 삼분의 일이면 십오 명이다.

한효령은 그 정도는 돼야 사해무적을 암살할 수 있다고 계산을 한 것이다.

사해무적은 절정고수라고 할 수 있다. 하지만 한효령을 비롯하여 십오 명의 살수들이 동원될 정도는 아니다.

그렇게 많은 인원이 필요한 이유는, 사해무적을 암살하기 위한 준비 작업이 절대적으로 필요하기 때문이다.

그러나 어떤 살수행이라도 십오 명씩이나 투입되는 경우는 전무하다.

일급살수가 십오 명씩이나 소요되는 청부라면 처음부터 받지 않는 것이 상식이다.

더구나 십오 명씩이나 투입해서도 표적을 암살할 수 있다는 확신이 서지도 않는 상태다.

그리고 표적을 암살한 후에 살수들의 생사를 생각하지 않는다면 그럴 수도 있지만, 그것은 제 허벅지 살을 잘라서 배를 채우는 우매한 할고충복(割股充腹)일 뿐이다.

그러므로 한효령의 말은, 사해무적에 대한 청부를 수락하는 것은 불가하다는 뜻이다.

"제가 하겠어요."

나직한 은자랑의 말에 한효령은 크게 놀랐다.

"안 됩니다! 단주!"

청부살인은 검풍루의 일이다. 그런데 검풍루뿐만 아니라 염뢰방과 백봉령루까지도 총관장하고 있는 우두머리 봉황단주가 직접 살행에 나선다는 것은 있을 수도, 있어서도 안 되는 일이었다.

그러나 한효령의 반대 의견에도 은자랑은 끄떡도 하지 않고 설무검을 보며 방그레 미소를 지었다.

"대가께서 원하시면 깨끗한 사해무적의 수급을 갖다 드리겠어요."

설무검은 은자랑의 무공 수준을 모른다. 하지만 그녀가 사령단주 철혈태후의 장녀라는 사실을 감안한다면, 절정고수가 분명할 것이다.

설무검은 책자를 양궁표에게 건네주면서 몸을 일으켰다.

"청부를 수락해라."

은자랑은 환하게 미소 지었다.

"알겠어요. 조만간 좋은 소식을 전해드릴게요."

우뚝 선 설무검은 아직 앉아 있는 은자랑을 굽어보며 짧게 말했다.

"사해무적은 내가 죽이겠다."

은자랑과 한효령이 일어서다가 크게 놀라는 표정을 짓고 있을 때, 설무검은 흑룡보 단주의 모자를 쓰고는 유유히 방을 나갔다.

第六十三章
암살대행(暗殺代行)

“어머니, 그는 영 오라버니와 많이 닮았어요.”

한동안 곰곰이 생각에 잠겼던 은리가 그렇게 말했지만, 한효령은 알아듣지 못했다.

“누구를 말씀하시는 건가요?”

“어머니.”

탁자 앞에 다소곳이 앉아서 차를 마시고 있던 은리는 찻잔을 내려놓으면서 한효령의 뒷모습을 바라보며 짐짓 뾰로통한 표정을 지었다.

“이제 보니까 어머니께선 소녀를 딸처럼 생각하지 않으시는군요?”

설영에 대한 걱정으로 머릿속이 복잡하던 한효령은 가볍게 놀라 뒤돌아섰다.

“그게 무슨 말씀이에요? 제가 어찌 감히…….”

“또 그리신다.”

한효령은 뻘쭘한 표정으로 은리를 쳐다보았다.

“소녀를 영 오라버니처럼 대해달라고 부탁드렸지요?”

“그랬었지요.”

울보 은리의 두 눈에 금세 눈물이 가득 차올랐다.

“그런데 어머니께선 왜 자꾸 소녀에게 존대를 하시는 건가요? 더구나 상전 대하듯이 깍듯하시고…….”

‘아이쿠!’

한효령은 닭똥 같은 눈물이 은리의 새하얀 뺨을 타고 흘러내리자 내심 작은 비명을 질렀다.

처음에 은리가 그런 부탁을 했을 때에는 무슨 말이냐면서 펄쩍 뛰며 손을 내젓던 한효령이었다. 그렇지만 은리의 거듭된 간곡한 부탁에 어쩔 수 없이 그러마고 고개를 끄덕였다.

이후 은리에게 하대를 하기까지 많은 우여곡절이 있었지만, 한효령 딴에는 어미처럼 대하려고 애를 썼었다. 그러나 그것이 말처럼 쉽지 않았다.

그런데 방금 설영에 대한 걱정 때문에 정신이 반쯤은 나가

있는 상태에서 은리의 말을 듣다가 예전의 버릇처럼 존대가
튀어나온 모양이었다.

"정말 미안하구나, 리아. 사실은 내가 영아 때문에 잠시 정
신이 없었단다."

한효령은 은리 곁에 앉아 그녀의 손을 잡고는 온화하게 위
로해 주었다.

한효령은 은리를 딸처럼 생각하려고 노력했다. 은리가 너
무도 외롭게 자랐으며, 새장에 갇힌 새가 푸른 창공을 그리워
하듯[籠鳥戀雲], 언제나 핏기 없는 얼굴에 우울한 모습인 그녀
를 평소에도 안쓰럽게 여겼었다.

그러나 은리를 자식처럼 받아들여야겠다고 한효령이 결심
을 하게 된 가장 큰 이유는 따로 있었다. 그녀가 양아들인 설
영을 아무런 조건도 없이 지극정성으로 따른다는 것 때문이
었다.

은리는 금세 배시시 미소를 지으며 조금 전에 했던 말에 대
해서 자신의 의견을 말했다.

"중천의 절대자였다는 검신이라는 분 말이에요."

"그런데?"

"어머니가 보시기에는 영 오라버니가 그분을 많이 닮은 것
같지 않은가요?"

그 대목에서 한효령은 입을 다물고 고개를 갸웃거리며 잠

시 생각에 잠겼다.

그러면서 아까 저녁에 봤던 설무검의 모습과 설영의 모습을 함께 떠올리며 비교해 보았다.

"소녀의 말은 외모가 아니라 두 사람의 골격과 분위기가 닮았다는 거예요."

한효령이 무엇을 하는지 알고 있다는 듯 은리가 정확하게 지적을 해주었다.

"골격과 분위기?"

은리는 초승달처럼 고운 아미를 살짝 찌푸렸다.

"뭐라고 설명하기가 어렵군요. 잘 생각해 보세요. 분명히 두 사람이 닮았다는 생각이 드실 거예요."

형제는 똑같이 부모의 피를 물려받았으므로[我及兄弟同受親血], 설령 외모가 다르더라도 타인들보다는 닮은 부분이 많은 것이 당연하다.

"정말 그렇구나."

곰곰이 생각하던 한효령이 한참 만에 신기하다는 듯한 얼굴로 중얼거렸다.

"그렇지만 두 사람은 성이 달라요. 성만 같으면 친형제라고 해도 믿을 만할 텐데……."

은리는 가볍게 고개를 가로저으면서 그저 한때의 우스갯거리로 넘겨 버렸다.

그러나 한효령은 가볍게 눈을 빛냈다. 그녀의 생각은 은리
하고 조금 달랐다.

설영은 오랜 세월 동안 자신이 남자라는 사실까지 속이면
서 검풍루 생활을 해왔다.

물론 그가 모두를 속일 수밖에 없었던 사정이 있으리라는
것을 이해하지 못하는 것은 아니고, 그것을 원망하고 싶은 생
각도 없는 한효령이었다.

오히려 그렇게 밖에 할 수 없었던 설영의 심정을 십분 이해
하려는 편이었다.

다만, 자신의 성별을 속였을 정도의 설영이었거늘, 어디 이
름인들 제대로 밝혔겠는가. 그것이 한효령이 방금 떠올린 생
각이다.

한효령은 설영이 어쩔 수 없는 상황 때문에 신분을 속였더
라도, 그가 진심으로 자신을 어머니로 대했을 것이라는 믿음
에는 변함이 없었다. 피치 못할 곡절 때문에 설영이 본명을
밝힐 수 없었을 가능성이 크고, 만약 그의 이름이 '소영' 이
아니라 다른 이름이라면, 혹시 '설영' 이라면 설무검과 형제
일 가능성을 배제할 수 없을 것이다.

은자랑과 은리, 한효령은 지란루 오층을 통째로 사용하고
있었다.

현재 은자랑의 명령에 따라서 백봉령루의 전력 중 십분의 일 정도가 낙양성을 중심으로 오백여 리 이내에 집중되어 있는 상태였다.

십분의 일이라고는 하지만 백봉령루가 천하 전체를 관장하고 있다는 사실을 염두에 둔다면 대단한 규모인 것이다.

그들의 임무는 오직 한 가지. 설영과 정미를 찾거나 그들이 남겼을 흔적을 추적하는 일이었다.

설무검을 만나고 돌아온 은자랑은 진두지휘하면서 설영을 찾는 일에 주력했다.

*　　　*　　　*

사해부는 낙양성에서 서쪽의 망산(邙山)을 지나 오십여 리쯤 떨어진 신안현(新安縣)에 있다.

서쪽에서 흘러와 신안현 곁을 스치듯이 흐르는 간수(澗水)의 북쪽 강변 야트막한 언덕 위에 버티고 있는 웅장한 전각군이 바로 사해부다.

간수, 즉 '골짜기 사이를 흐르는 강' 이라는 뜻의 강 이름이 말해주듯이 이 일대는 수많은 크고 작은 협곡으로 이루어져 있는 것이 특징이다.

신안현은 큰 골짜기 사이를 흐르는 깊은 강 간수 강변에 위치했고, 사해부는 간수를 앞에 두고 신안현을 등지고 있는 형세였다.

설무검은 잡목 숲 가장자리의 한 그루 거목 뒤에 몸을 숨긴 채 전면의 사해부를 주시하고 있었다.

그는 일각 전에 이곳에 도착하여 사해부 주변을 두 바퀴 돌면서 세밀하게 살피고 조사했다.

그 결과 사해부를 정면에서 봤을 때 왼쪽 담이 취약 지점이라고 판단하여 그곳을 통하여 잠입할 것이라고 결정, 지금 기회를 노리고 있는 중이었다.

그가 있는 잡목 숲 가장자리에서 전면의 사해부 담까지의 거리는 약 백오십여 장.

일류고수가 전력을 쏟아 경공술을 펼친다면 열다섯 호흡 남짓. 절정고수라고 해도 열 내지 여덟 번 호흡할 정도의 시간이 걸릴 것이다. 일곱 번의 호흡이라고 해도 한 번 호흡하는 동안에 무려 십사 장 이상을 달려야 한다.

사해부를 중심으로 삼면이 모두 숲으로 이루어졌으며, 숲에서 담까지는 가까운 곳이 백오십여 장, 먼 곳은 이백여 장이나 되는 넓은 개활지(開豁地)이다.

또한 전문 앞에는 폭 삼 장 정도의 넓은 길이 나 있는데, 그 길은 오른쪽으로 오십여 장쯤 뻗어나가다가 사해부 담 모퉁이를 왼쪽으로 꺾어져서 곧장 뻗어 숲을 관통, 신안현으로 이어져 있다.

또한 전문 앞을 가로지른 대로 건너편은 넓은 백사장이며, 그 너머에 사해부가 전용으로 사용하고 있는 포구가 있고, 그 앞으로 시퍼런 간수가 유유히 흐르고 있다.

전문에서 오른쪽으로 십여 장 거리에는 따로 한 채의 아담한 건물이 위치해 있다. 그곳에는 일 개 향 오십여 명이 기거하면서 전문과 사해부의 외곽 경계를 전담하고 있다.

전문 앞과 좌우의 담에 이십 명, 삼면의 담 바깥쪽에 각 열 명씩 도합 삼십 명이 사해부 외곽을 철통같이 지키고 있는데다가, 담 밖은 드넓은 개활지고 발목에도 이르지 않는 누런 풀들만 자라 있어서 날개가 달리지 않은 이상 들키지 않고 사해부에 잠입하는 것은 불가능해 보였다.

공력 이백 년의 초절정고수인 설무검이라고 해서 무턱대고 마구잡이로 잠입할 수는 없다. 더구나 그의 목적은 추호의 흔적을 남기지 않고 잠입했다가 사해무적 한 명만을 죽인 후에 역시 흔적 없이 빠져나와야 하는 것이다.

설무검은 공력을 끌어올린 채 자신이 목표로 삼고 있는 담을 지키는 무사들의 행동거지와 걸음 수 따위를 계산하면서 쏘아나갈 기회를 기다렸다.

그 담은 전문이 있는 오른쪽 끝에서 왼쪽 끝까지의 거리가 삼백여 장가량이다.

담의 오른쪽 끝과 왼쪽 끝에 한 명씩 두 명이 서로 마주 쳐다보는 자세로 서 있는 모습이 보였다.

나머지 여덟 명이 삼백여 장 길이의 담을 여덟 등분으로 나눈 삼십칠 장 정도의 거리를 반복적으로 걸어서 오가며 경계를 하고 있었다.

그들 여덟 명은 서로 마주 보면서 담의 복판을 향해서 걷다가, 부딪치기 직전에 뒤로 돌아 서로 등진 채 담 모퉁이 방향으로 걸어간다. 그러다가 맞은편에서 걸어오는 사람과 마주치면 두어 걸음 앞에서 다시 뒤돌아 담 복판 쪽으로 걸어간다.

그런 식으로 해서 담 복판을 좌우로 오가는 두 명이 등진 채 걷다가 가장 멀어지는 시기의 거리는 칠십사 장.

경계무사들의 걸음걸이는 빠르고도 규칙적이었다. 담 한복판에서 마주친 직후 몸을 돌려 삼십칠 장을 걷다가 다시 몸을 돌릴 때까지 걸리는 시각은 불과 여섯 번 호흡하는 정도에 불과하다.

그러므로 설무검은 보통 사람이 여섯 번 호흡하는 짧은 시각 안에 무려 백오십여 장을 단숨에 주파하여 담을 날아 넘어야만 하는 것이다.

담을 넘는 것은 그가 담 바로 아래에 이르렀을 때에만 가능할 터이다.

그전에 담을 향해 몸을 날려 비스듬히 쏘아가면 발각될 위험이 높다. 경계무사들의 시선이란 언제나 아래보다는 위쪽을 향하기 마련이기 때문이다.

담의 복판을 지키는 두 명이 서로 등진 채 삼십칠 장 거리를 걷는 동안에 그들 좌우에서 마주 걸어오는 또 다른 두 명의 시선은 당연히 담의 복판 쪽을 향하고 있기 때문에 어쩌면 설무검을 발견하게 될는지도 모른다.

그나마 위안이 되는 것은 그 두 명의 앞을 마주 걸어오는 경계무사의 몸이 전면의 시야를 어느 정도 가리고 있다는 사실과 경계무사 정도의 능력으로는 어두운 밤에 삼십칠 장 거리에서 찰나지간에 스쳐 지나가는 흐릿한 검은 그림자를 발견하지는 못할 것이라는 사실이다.

지금 두 명의 경계무사가 복판을 향해 걸어가고 있다. 서로 마주쳐서 몸을 돌리기까지는 세 호흡 정도 남았다.

그즈음 그들 좌우 두 명의 경계무사는 복판 쪽을 등진 채 담 모퉁이 방향으로 걸어가고 있다.

슈우웃!

순간 설무검이 잡목 숲에서 바람처럼 달려 나와 상체를 앞쪽으로 쓰러질 듯이 숙여서 되도록 몸을 낮춘 자세를 만들어 담을 향해 일직선으로 쏘아가기 시작했다.

타의 추종을 불허하는 경세의 경공 신풍연(迅風衍)이 육 년여 만에 설무검에 의해서 다시 전개되고 있다.

이름 그대로 쾌속한 한줄기 바람이 흐르듯이, 설무검은 일말의 기척도 없이 예상했던 것보다 한 호흡 빠른 다섯 호흡 만에 담 아래에 당도했다.

좌우 삼십칠 장 거리에서 두 명의 경계무사가 아직 담 모퉁이를 향해 걸어가고 있을 때, 설무검은 이미 그림자처럼 기척 없이 담을 넘은 상태였다.

솔직히 그는 담 너머에 어떤 상황이 펼쳐져 있는지 알지 못한 채 그냥 담을 넘었다.

그는 중천의 절대자로 있는 동안에 사해부를 한 번도 방문한 적이 없었다. 그는 설란궁을 가장 많이 갔었고, 낙성검가와 진천궁을 몇 차례 갔을 뿐이었다.

절대자는 이곳저곳 다닐 필요가 없다. 부르기만 하면 누구든지 달려오기 때문이다.

"……!"

담을 막 넘는 순간 설무검은 움찔했다. 그가 날아 넘은 담 너머는 장원 내에 흔하게 있는 정원도, 인공 숲도, 그렇다고 담과 전각 사이의 골목 같은 것도 없었다.

담을 제외하고는 삼면이 탁 트인 넓은 마당이었던 것이다.

지금 그가 날아서 넘는 속도대로라면 담에서 사오 장 이상 멀리 땅에 내려서게 될 것이다.

아직 허공을 쏘아가고 있는 상황에서 그의 눈동자가 빠르게 주위를 훑었다.

마당에는 대낮처럼 불이 환하게 밝혀져 있는데, 전면과 좌우 세 방향에는 세 채의 전각이 있었고, 전각의 입구에는 서너 명씩의 무사들이 지키고 있었으며, 마당을 오가는 무사, 혹은 고수들의 모습도 보였다.

일순 설무검은 천근추의 수법을 발휘했다. 순간 그는 급격히 아래로 뚝 떨어져 내려 담 아래쪽 담을 등진 채 소리없이 내려섰다.

담 높이는 무려 오 장에 달했다. 그러니 그 너머가 숲인지 마당인지 바깥에서는 알 수가 없었던 것이다.

그는 그 상태에서 꼼짝도 할 수가 없었다. 눈앞에 보이는 무사나 고수들을 죽이는 것은 간단한 일이다. 단지 눈 두세 번 깜빡이는 순간이면 모조리 죽여 버릴 수가 있을 터이다.

그렇지만 그의 목적은 사해무적을 죽이는 것이다. 다른 자들을 죽인다면 시체가 발견될 것이고, 시체를 치워서 감춘다고 해도, 그들이 사라진 사실이 드러나면 사해무적을 죽이는 일은 수포로 돌아가고 만다.

그렇게 돼버리면 다음 기회는 기약하기가 훨씬 어려워진다. 사해부 안팎의 경계가 지금보다 몇 배는 더 강화될 테니까 말이다.

기회는 지금뿐이다. 오늘 밤에 무슨 일이 있어도 사해무적을 죽여야만 한다.

중천무림에 떠도는 소문, 즉 낙성검가주 단해룡이 금호방주 다음으로 사해무적을 죽일 것이라는 소문을 사해부에서는 근거 없는 뜬소문으로만 받아들이지는 않은 듯했다.

사해부는 안팎으로 삼엄한 경계망을 펼쳐 두고 있었다. 사해무적이든 그의 측근들이든 소문에 대해서 의심암귀(疑心暗鬼)하고 있는 것이 분명했다.

다행히 설무검이 등지고 있는 담 쪽은 어두컴컴해서 흑의 경장 차림인 그의 모습을 완벽하게는 아니더라도 얼마쯤은 은폐시켜 주었다.

그러나 그것뿐이다. 이곳에서 한 발자국도 움직이지 못한다면, 사해무적을 죽일 수 없다. 아니면 담을 넘어 다시 왔던 길로 되돌아갈 수밖에 없다.

그렇지만 설무검은 포기하지 않았다. 남천의 음모를 역이용하기 위해서라도 사해무적을 죽여야만 한다.

그러나 그 이전에 사해무적은 설무검을 배신한 최측근 오인(五人) 중에 한 명인 것이다.

설무검은 그자의 얼굴을 직접 보고 무릎을 꿇린 후, 육 년 전 그자가 저지른 행동이 얼마나 우매했었는지를 뼈저리게 가르쳐 주고 싶었다.

설무검은 어느 곳이 가장 취약한지를 파악하려고 재빨리 주위를 쓸어보았다.

바로 그때였다.

"나는 검풍일호(劍風一號)입니다."

느닷없이 설무검의 바로 등 뒤에서 산들바람처럼 조용한 전음이 들려왔다.

그의 등과 담은 불과 반 뼘 거리밖에 되지 않는다. 그런데 누군가 뒤에서 그의 뒤통수에 대고 말을 하다니, 정녕 있을 수 없는 일이었다.

쉿!

순간 설무검은 슬쩍 상체를 옆으로 기울여 불의의 습격을 피하는 것과 동시에 뒤를 향해 수도를 휘둘러 갔다.

말 그대로 전광석화 같은 빠르기였다.

더구나 그의 손에서는 보검보다 예리한 경기(勁氣)가 뿜어 졌기 때문에 손이 도달하기도 전에 암중인의 몸이 통째로 잘 라질 것이다.

찰나, 설무검의 뇌리를 스치는 것이 있었다. 상대가 악의를 품고 있다면 굳이 전음을 보낼 필요 없이 급습을 가했을 것이 라는 사실이었다.

뚝!

설무검이 우수를 휘두르면서 생각하고, 또한 멈춘 것은 찰나지간에 일어난 일이다.

우수를 멈추지 않았다면 상대가 누구든 간에 즉사를 면치 못했을 것이다.

그는 손을 거두지 않은 상태에서 상체만을 비틀어 뒤를 쏘아보았다.

그러나 그곳에는 칙칙하게 이끼가 잔뜩 긴 담뿐, 사람의 모습은 보이지 않았다.

"루주의 명령으로 당신을 도우러 왔습니다."

누렇게 이끼 긴 담이 조금 전과 다름이 없는 억양으로 조용히 전음을 보냈다.

"검풍루주가 보냈는가?"

설무검은 천천히 손을 거두면서 몸을 돌리며 역시 전음으로 물었다.

"그렇습니다."

그때 설무검의 눈앞에서 누렇게 이끼 긴 담이 일렁이며 이지러지는가 싶더니 곧 몸에 착 달라붙은 흑의 야행복을 입은 살수 한 명의 모습이 부윰하게 드러났다.

모습을 드러냈다고는 하지만, 일류고수라고 해도 자세히 들여다봐야지만 알아차릴 수 있을 정도로 담 색깔과 동화된 모습이었다.

검풍루의 살수라면 모두 여자다. 그렇다면 스스로를 '검풍일호' 라고 밝힌 이 살수도 여자일 터.

아니, 굳이 검풍일호의 성별을 구별하려고 애쓸 필요까지는 없었다.

설무검의 눈앞에 우뚝 서 있는 검풍일호는 눈만 내놓은 채 검은 복면을 하고 있었다.

하지만 누가 보더라도 여자의 눈이라는 것을 알 수 있을 정도로 크고 검었으며, 속눈썹이 유난히 길었다. 그리고 깊고도 짙은 우수가 드리워져 있었다.

검풍일호는 여자치고는 키가 큰 편에 속했다. 정수리 부위가 설무검의 턱까지 이르렀다. 살수라고 보기에는 가냘픈 듯한 동그란 어깨와 질끈 동여맨 듯 약간 솟아오른 가슴, 잘록한 허리와 곧게 뻗은 하체 등의 몸매가 고스란히 드러난 상태였다.

설무검이 워낙 담을 가깝게 등진 상태에서 뒤돌아섰으므로, 서로 마주 보고 있는 자세인 그와 검풍일호의 거리는 겨우 반 뼘 남짓.

그렇다고 설무검은 뒤로 물러날 수도 없는 상황이었다. 담에서 조금만 떨어져도 쉽게 눈에 띌 것이기 때문이다.

그러나 그런 상황이라고 해도 설무검이나 검풍일호는 조금도 어색해하지 않았다. 초면이고, 또 서로에게 사사로운 감정이 없으니 당연했다.

"표적에게 안내하겠습니다."

검풍일호는 당찬 여자가 분명했다. 이런 상황에서도 추호도 흔들림 없이 설무검의 콧등을 빤히 주시하면서 자신이 해야 할 말을 잊지 않았다.

표적은 살수들의 용어다. 그녀가 말하는 표적이란 사해무적을 가리키는 것이다.

설무검은 그녀의 말에서, 그녀가 미리 사해부에 잠입하여 답사를 해두었다는 사실을 짐작할 수 있었다.

검풍일호의 출현은 놀라웠으나 참으로 시기 적절했다. 그녀가 아니었다면 설무검은 사해무적을 찾아가는 것만으로도 꽤나 어려움을 겪었을 것이 분명했다.

검풍일호는 검풍루주의 명령으로 왔다고 했지만, 그렇게 지시한 사람은 필경 은자랑일 것이다. 단 한 명만을 보냈다면, 검풍일호의 솜씨가 어떤지 눈으로 보지 않아도 알 수 있을 것 같았다. '검풍일호'라는 것은, 그녀가 검풍루 살수 중에서 최고라는 의미가 아니겠는가.

검풍일호의 제안을 거절한다는 것은 우매한 짓이다. 이것은 자존심과는 상관이 없는 일이다.

설무검은 가볍게 고개를 끄덕여 승낙했다.

슥—

설무검이 고개를 끄덕이자마자 갑자기 주위가 암흑으로

변해 버렸다.

그는 살수들의 수법에 대해서는 남들이 알고 있는 상식 정도만 알고 있을 뿐이다.

그러나 그가 알고 있는 상식 중에 갑자기 주위가 캄캄해지는 수법은 없었다.

"여길 보십시오."

캄캄한 어둠이 잔물결처럼 일렁이다가 멈춘 후에 검풍일호의 전음이 들렸다.

설무검은 캄캄한 어둠을 뚫고 가느다랗고 흐릿한 한 줄기 빛이 스며드는 것을 발견했다.

그 빛 덕분에 그는 자신이 처해 있는 상황을 확연히 깨달을 수 있었다.

그 어둠 속에서 그는 자신이 여전히 검풍일호와 마주 선 자세로 서 있는 것을 발견했다.

그리고 어둠을 만든 것이 하나의 얇으면서도 검은 천이라는 사실을 깨달았다. 그것이 두 사람을 외부로부터 차단시켜 주고 있었다.

가느다란 한 줄기 빛은 천에 뚫린 콩알보다 작은 구멍을 통해서 바깥의 빛이 새어 들어오는 것이었다.

설무검은 구멍에 눈을 대보았다. 구멍은 마당을 향해 있어서 그곳의 광경들이 일목요연하게 보였다.

천하를 보기 위해서는 굳이 천하만큼의 공간이 필요하지 않았다. 그저 작은 구멍 하나만 있으면 천하를 볼 수 있었다.

나뭇잎 하나가 눈을 덮으니 태산이 보이지 않는다는 말이 실감이 났다.

아마도 정신이나 마음도 그와 같을 터이다. 그 무엇인가가 정신이나 마음을 덮거나 물들여 버리면 다른 것은 생각나지 않는 것이다.

"지금부터 우리는 담과 벽, 지붕을 따라서만 이동해야 합니다. 벗어나면 안 됩니다."

검풍일호가 왼쪽으로 몸을 틀어 담과 평행이 되게 서면서 뚝뚝하게 말했다. 물론 두 사람의 대화는 모두 전음이다.

검풍일호는 맑고 고운 목소리인데도 몹시 딱딱한 어투를 구사하고 있었다.

설무검은 일부러 그러는 것이 아니라 오랜 습성 때문일 것이라고 여겼다.

그는 검풍일호가 방향을 잡은 뒤쪽에 바짝 붙어 섰다. 그는 검풍일호의 의도를 알아차렸다.

검은 천을 뒤집어쓴 채 사해무적의 거처까지 이동을 하자는 것이다.

그렇지만 그는 과연 이까짓 천 조각이 자신들을 얼마나 은폐를 시켜줄 것인가 하는 것을 염려하지는 않았다. 살수는 괜히 살수가 아니다.

더구나 그를 인도하는 사람은 검풍루 최고살수인 검풍일호인 것이다.

그때부터 검풍일호는 아무 말도 하지 않았다. 이렇게 해라, 저렇게 해라, 가르치지도 않았다. 그것은 일종의 방임일 수도 있었지만, 달리 해석하면 설무검의 능력을 믿기 때문일 수도 있었다.

검풍일호가 담에 붙다시피 하여 앞으로 내달리기 시작하자 설무검은 그녀 뒤를 바짝 따랐다.

과거 중천무림의 절대자였던 설무검이 무림인들에게 손가락질을 받는 일개 살수의 도움을 받아 천 조각 따위를 뒤집어쓰는 해괴한 짓을 했다는 소문이 강호에 퍼진다면 천하가 비웃을 일이었다.

아니, 그보다도 설무검 자신이 용납하지 못할 일일 수도 있었다. 그러나 그는 조금도 개의치 않았다. 자존심을 조금 굽히면 사해무적을 손쉽게 죽일 수가 있는 것이다. 그것을 알면서 굳이 어려운 길을 갈 필요까지는 없다.

복수를 위해서라면, 그는 무슨 짓이라도 할 준비가 되어 있는 것이다.

검풍일호와 설무검은 마치 오랫동안 단짝으로 호흡을 맞춘 사람들처럼 일사불란하게 움직였다.

지금 두 사람의 몸은 찰싹 밀착된 상태였다.

검풍일호는 허리를 약간 굽혀 상체를 앞으로 구부렸으며, 무릎 역시 완전히 펴지 않은 채 약간 굽힌 상태에서 빠르게 전진했다.

설무검 역시 똑같은 자세를 취했다. 그러다보니 그의 턱 바로 아래에 검풍일호의 뒤통수가 있었고, 그의 앞가슴은 그녀의 등에, 그녀의 엉덩이 부위는 그의 아랫배에 아교로 붙인 것처럼 밀착되었다.

처음에는 설무검이 검풍일호의 뒤꿈치를 몇 차례 밟았지만, 채 다섯 호흡이 지나기도 전에 두 사람은 서로의 발목을 묶어놓은 것처럼 기민하게 움직였다.

검풍일호는 여자이기 때문에 아무래도 설무검보다 보폭이 짧을 수밖에 없다. 설무검이 그녀에게 보폭을 맞추려면 종종걸음을 걸어야만 하는데, 처음에는 좀 어설펐지만 그 역시 잠시가 지나자 익숙해졌다.

그때 두 사람이 약속이나 한 것처럼 동시에 뚝 정지하면서 담에 바짝 붙었다.

전면에서 한 무리의 고수들이 대열을 맞추어 걸어오는 것을 발견한 것이다.

검풍일호와 설무검은 담벼락에 등을 붙인 채 미동도 하지 않고 기다렸다.

저벅저벅.

두 사람에게서 일 장 반의 거리를 두고 십여 명의 사해부 고수들이 스쳐 지나고 있었다. 그러나 그들 중에 어느 누구도 두 사람 쪽을 쳐다보지 않았다.

고수들이 스쳐 지나자마자 검풍일호와 설무검은 즉시 움직이기 시작했다.

그것은 일말의 기척조차 내지 않을 확고한 자신감이 없으면 하지 못할 행동이었다.

사해부는 과연 삼엄한 경계망을 펼쳐 두고 있었다. 설무검은 최초에 담을 넘어 검풍일호를 만났던 곳에서 백삼십여 장가량 이동하는 동안에 여섯 차례나 움직임을 멈추고 담벼락에 붙어 있어야만 했다.

사해부 고수들의 모습이 보이지 않는데도 갑자기 검풍일호가 정지했다.

설무검은 그녀가 방향을 바꿀 것이라고 판단했다.

그의 판단은 정확했다. 검풍일호의 오른쪽 어깨가 오른쪽으로 틀어졌다.

설무검은 그녀의 몸 뒤에 자신의 몸 앞을 밀착시키고 있으므로 그녀가 굳이 말을 하지 않아도 어떤 행동을 취하리라는 것을 행동 직전에 감지할 수 있었다.

두 사람은 빠르게 담벼락과 전각의 벽 사이의 삼 장 거리를 가로질렀다.

슥―

앞서 가던 검풍일호의 몸이 둥실 떠올랐다.

그리고 그 순간 두 사람을 덮고 있던 검은 천이 감쪽같이 사라지면서 새로운 천으로 바뀌었다. 이번 것은 벽의 색과 같은 회갈색이었다.

검풍일호는 담을 기어오르는 동작과 쓰고 있던 천을 바꾸는 동작을 동시에 행했는데 실로 전광석화처럼 빨라서 설무검조차도 적잖이 감탄을 할 정도였다.

검풍일호가 위에, 설무검이 아래에서 미끄러지듯이 빠르게 벽을 기어올랐다.

그러자니 자연히 설무검의 머리 위에 검풍일호의 엉덩이가 얹힌 자세가 되고 말았다. 말하자면 검풍일호가 설무검의 머리에 걸터앉은 자세였다.

그렇지만 검풍일호는 추호의 흔들림도 없었다. 흔들림이 없기는 설무검도 마찬가지였다. 검풍일호의 잘 발달된 준마 같은 탱탱하고도 몽실몽실한 엉덩이를 머리에 이고서도 그 어떤 마음의 동요도 일지 않았다.

두 사람이 그럴 수 있는 것은 검풍일호는 혹독한 살수 수련의 결과였고, 설무검은 깊은 수양심 덕분이었다.

벽의 꼭대기에 이르렀을 때 검풍일호는 움직임을 멈추더

니 갑자기 몸을 빙글 돌려 약간 아래로 하강했다.

설무검은 두 손과 발끝으로 벽을 딛고 몸의 앞부분은 벽에서 약간 떨어뜨린 자세를 취하고 있었다.

그런데 위에서 아래로 뚝 떨어지듯이 하강한 검풍일호가 그 사이로 미끄러지듯이 스며들어 와 그와 마주 보는 자세가 되는가 싶더니, 두 팔로 그의 등을 끌어안고, 두 발끝으로는 그의 허벅지 바깥쪽으로 돌려서 무릎 뒤쪽을 바짝 죄듯이 지탱하는 자세를 취했다.

이 상황에서만큼은 수양 깊은 설무검이라고 해도 약간 당황할 수밖에 없었다.

검풍일호가 갑자기 자신에게 안겨올 줄은 전혀 예상하지 못했던 것이다.

하지만 그는 이런 자세가 다음에 나타나게 될 지형적인 특성 때문에 취할 수밖에 없는 것이라는 사실을 즉시 이해했다.

사실 이런 자세는 두 명의 살수가 한 조가 되어 움직일 때 자주 사용되는 살수들 특유의 자세였다.

설영도 단소예와 함께 낙양성에서 강둑까지 이동하기 위해서 이런 자세를 취했었다.

"지붕 위에서는 최대한 납작하게 엎드려 기도록 하십시오. 삼십 장을 곧장 가다가 왼쪽으로 십오 장. 그곳이 표적이 있는 방 지붕입니다."

검풍일호가 설무검의 오른쪽 뺨에 자신의 왼뺨을 붙인 채 그의 귀에 대고 전음을 보냈다.

검풍루 최고 살수인 검풍일호라는 이름이 무색할 정도로 그녀의 입김과 체온은 뜨거웠다.

설무검은 지붕 위로 올라왔다. 그녀가 시키는 대로 몸을 최대한 지붕에 밀착시켰다.

그사이에 검풍일호는 회갈색의 천을 다시 기와의 색깔과 같은 흑갈색의 천으로 바꾸었다.

설무검은 그 자세를 취한 채 전진하려다가 멈추었다.

자세를 너무 낮췄기 때문에 검풍일호의 등이 기와에 닿았기 때문이다.

만약 그런 미세한 느낌을 감지하지 못하고 그냥 전진했다면, 그녀의 등에 걸려 몇 개의 기와가 원래의 자리를 이탈하면서 작은 소리를 냈을 것이다.

순간 설무검은 자세를 약간 높였고, 그와 동시에 검풍일호는 두 팔과 다리에 힘을 주며 그의 품으로 더욱 바싹 밀착했다.

설무검 같은 고수가 지붕 위를 납작한 자세로 기듯이 전진하는 것은 별로 어려운 일이 아니었다.

그로부터 열 호흡이 지나기 전에 설무검은 한 채의 전각 지붕 위에 멈추었다.

검풍일호는 소리 없이 그의 품에서 벗어나 그의 옆에 나란히 엎드렸다.

"실내에 아무도 없는 것 같습니다. 당신 생각은 어떻습니까?"

그녀는 지붕에 귀를 대고 한동안 아래쪽의 기척을 살피고 난 후에 설무검을 돌아보며 물었다.

설무검은 고개를 끄덕였다. 그 역시 아래쪽 실내에서 인기척을 감지하지 못했다.

그러자 검풍일호는 능숙한 동작으로 기왓장을 하나씩, 그러나 최대한 조심스럽게 들어내기 시작했다.

일각 후.

설무검과 검풍일호는 매우 크고 넓으며 화려한 한 칸의 방에 나란히 서 있었다.

그곳은 사해무적의 방이었다.

『독보군림』 7권에 계속…

입소문을 통해 아는 분은 다 알고 계십니다!
올 한해 공인중개사 최고의 화제작!

1~2권 합본 | 이용훈 지음
3~4권 합본 | 이용훈 지음
5~6권 합본 | 이용훈 지음
용어해설 | 이용훈 지음

수험생 기본 필독서
만화 공인중개사

제목 : 만화공인중개사 쓰신 분에게 감사드립니다.

학원을 두 달 다녔어요. 근데 과연 그 숫자 외우기 그런 게 몇 문제나 나올까 생각을 했어요.
아니라는 생각이 드네요. 학원강의를 뒤로하고 서점을 갔어요. 내 머리에 가장 이해될 수 있는
책이 없나 하구요. 거기서 만화를 발견했어요. 무조건 세 번 봤어요. 3개월 걸렸어요. 문제집을 보라고
했는데 그건 시행을 못했어요. 근데 합격을 했네요.
어떻게 감사의 말을 해야 될지……
도서관에서 만화책 들고 다니니까 사람들이 비웃더라구요. 만화책으로 공인중개사를 공부한다고
미친 사람처럼 보더라구요. 근데 그거 다 감수하고 했던 내가 자랑스럽습니다.
어떻게 감사의 말을 해야 할지… 정말 감사합니다.
부디 행복하세요. 제 나이 41살에 좋은 스승을 만난 것 같습니다.
엎드려 감사드립니다.

—본사 홈페이지에 독자분이 올린 메일 中 에서 발췌—